汪曾祺小全集

以后的故事

汪曾祺 著

汪朗 王干 主编

江苏凤凰文艺出版社

图书在版编目（CIP）数据

晚饭后的故事 / 汪曾祺著；汪朗，王干主编. —南京：江苏凤凰文艺出版社，2024.8（2025.7重印）

（汪曾祺小全集）

ISBN 978-7-5594-6803-1

Ⅰ.①晚… Ⅱ.①汪…②汪…③王… Ⅲ.①中篇小说-小说集-中国-当代②短篇小说-小说集-中国-当代 Ⅳ.①I247.7

中国版本图书馆CIP数据核字（2022）第074967号

晚饭后的故事

汪曾祺 著　　汪朗　王干 主编

出 版 人	张在健
策　　划	李黎　王青
责任编辑	孙建兵　李珊珊　胡泊
特约编辑	王晓彤
责任印制	杨丹
出版发行	江苏凤凰文艺出版社
	南京市中央路165号，邮编：210009
网　　址	http://www.jswenyi.com
印　　刷	江苏扬中印刷有限公司
开　　本	889毫米×1194毫米　1/32
印　　张	10.25
字　　数	140千字
版　　次	2024年8月第1版
印　　次	2025年7月第2次印刷
书　　号	ISBN 978-7-5594-6803-1
定　　价	298.00元（全10册）

江苏凤凰文艺版图书凡印刷、装订错误，可向出版社调换，联系电话 025-83280257

目 录

- 001　道士二题
- 009　钓人的孩子
- 018　晚饭后的故事
- 047　故乡人
- 067　晚饭花
- 088　王四海的黄昏
- 110　尾巴
- 113　昙花、鹤和鬼火
- 128　拟故事两篇
- 136　虐猫
- 139　毋忘我
- 141　《聊斋》新义

173	陆判——《聊斋》新义
181	双灯——《聊斋》新义
186	画壁——《聊斋》新义
191	《聊斋》新义两篇
205	迟开的玫瑰或胡闹
221	笔记小说两篇
230	新笔记小说三篇
246	虎二题——《聊斋》新义
258	黄开榜的一家
268	仁慧
275	露水
287	小姨娘
298	熟藕
305	公冶长
307	名士和狐仙
315	侯银匠

道士二题

马道士

马道士是一个有点特别的道士，和一般道士不一样。他随时穿着道装。我们那里当道士只是一种职业，除了到人家诵经，才穿了法衣，——高方巾、绣了八卦的"鹤氅"，平常都只是穿了和平常人一样的衣衫，走在街上和生意买卖人没有什么两样。马道士的道装也有点特别，不是很宽大、很长，——我们那里说人衣服宽长不合体，常说"像个道袍"，而是短才过胫。斜领，白布袜，青布鞋。尤其特别的是他头上的那顶道冠。这顶道冠是个上面略宽，下面略窄，前面稍高，后面稍矮的一个马蹄状的圆筒，黑缎子的。冠顶留出一个圆洞，露出梳得溜光的发髻。这种道冠不知道叫什么冠。全城只有马道士一个人戴这种冠，我在别处也没有见过。

马道士头发很黑，胡子也很黑，双目炯炯，说话声音洪亮，中等身材，但很结实。

他不参加一般道士的活动，不到人家念经，不接引亡魂过升仙桥，不"散花"（道士做法事，到晚上，各执琉璃荷花灯一盏，迂回穿插，跑出舞蹈队形，谓之"散花"），更不搞画符捉妖。他是个独来独往的道士。

他无家无室（一般道士是娶妻生子的），一个人住在炼阳观。炼阳观是个相当大的道观，前面的大殿里也有太上老君、值日功曹的塑像，也有人来求签、掷筊……马道士概不过问，他一个人住在最后面的吕祖楼里。

吕祖楼是一座孤零零的很小的楼，没有围墙，楼北即是"阴城"，是一片无主的荒坟，住在这里真是"与鬼为邻"。

马道士坐在楼上读道书,读医书,很少下楼。

他靠什么生活呢?他懂医道,有时有人找他看病,送他一点钱。——他开的方子都是一般的药,并没有什么仙丹之类。

他开了一小片地,种了一畦萝卜,一畦青菜,够他吃的了。

有时他也出观上街,买几升米,买一点油盐酱醋。

吕祖楼四周有二三十棵梅花,都是红梅,不知是原来就有,还是马道士手种的。春天,梅花开得极好,但是没有什么人来看花,很多人甚至不知道炼阳观吕祖楼下有梅花。我们那里梅花甚少,顶多有人家在庭院里种一两棵,像这样二三十棵长了一圈的地方,没有。

马道士在梅花丛中的小楼上读道书,读医书。

我从小就觉得马道士属于道教里的一个什么特殊的支派,和混饭吃的俗道士不同。他是从哪里来的呢?

前几年我回家乡一趟,想看看炼阳观,早就没有了。吕祖楼、梅花，当然也没有了。马道士早就"羽化"了。

五坛

五坛是个道观，离我家很近。由傅公桥往东，走十来分钟就到。观枕澄子河，门外是一条一步可以跨过的水渠，水很清。沿渠种了一排柽柳。渠以南是一片农田，稻子麦子都长得很好，碧绿碧绿。五坛的正名是"五五社"，坛的大门匾上刻着这三个字，可是大家都叫它"五坛"。有人问路："五五社在哪里"，倒没有什么人知道。为什么叫个"五坛"、"五五社"？不知道。道教对数目有一种神秘观念，对五尤其是这样。也许这和"太极、无极"有一点什么关系，不知道。我小时候不知道，现在也还是不知道。真是"道可道，非常道"！

五坛的门总是关着的。但是门里并未下闩，轻轻一推，就可以进去。

门里耳房里住着一个道童，管看门、扫地、焚香。除他以外，没有一个人，静悄悄的。天井两头种了四棵相当高大的树。东边是两棵玉兰，西边是两棵桂花。玉兰盛开，洁白耀眼。桂花盛开，香飘坛外。左侧有一个放生池，养着乌龟。正面的三清殿上塑着太上老君的金身，比常人还稍矮一点。前面是念经的长案，案上整整齐齐的排了一刊经卷。经案下是一列拜垫，盖着大红毡子。炉里烧的是檀香，香气清雅。

五坛的道士不是普通的道士，他们入坛，在道，只是一种信仰，并不以此为职业。他们都是有家有业，有身份的人，如叶恒昌，是恒记桐油栈的老板。桐油栈是要有雄厚的资金的。如高西园，是中学的历史教员。人们称呼他们时也只是"叶老板"、"高老师"，不称其在教中的道名。

他们定期到坛里诵经（远远的可以听到诵经的乐曲和钟磬声音）。一般只是在坛里，除非有人诚敬恭请，不到人家作法事。他们念的经也和一般道士不一样，听说念的是《南华经》——《庄子》，这很奇怪。

五坛常常扶乩，我没有见过扶乩，据说是由两个人各扶着一个木制的丁字形的架子，下面是一个沙盘，降神后，丁字架的下垂部分即在沙盘上画出字来。扶乩由来以久，明清后尤其盛行。张岱的《陶庵梦忆》即有记载。纪晓岚《阅微草堂笔记》录了很多乩语、乩诗。纪晓岚是个严肃的人，所录当不是造谣。这究竟是怎么回事呢？我以为这值得研究研究，不能用"迷信"二字一笔抹杀。

每年正月十五后一二日（扶乩一般在正月十五举行），五坛即将"乩语"木板刻印，分送各家店铺，大约四指宽，六七寸长。这些"乩语"倒没有神秘色彩，只是用通俗的韵文预卜今年是否风调雨顺，宜麦宜豆，人畜是否平安，有无水旱灾情。是否灵验，人们也在信与不信之间。

关于五坛，有这么一个故事。

蓝廷芳是个医生，是"外路人"。他得知五坛的道士道行高尚，法力很深，到五坛顶礼跪拜，请五坛道长到他家里为他父亲的亡魂超度。那天的正座是叶恒昌。

到"召请"(把亡魂摄到法坛,谓之"召请"),经案上的烛火忽然变成蓝色,而且烛焰倾向一边,经案前的桌帏无风自起。同案诵经的道士都惊恐色变。叶恒昌使眼色令诸人勿动。

法事之后,叶恒昌问蓝廷芳:

"令尊是怎么死的?"

蓝廷芳问叶恒昌看见了什么。

叶恒昌说:"只见一个人,身着罪衣,一路打滚,滚出桌帏。"

蓝廷芳只得说实话:他父亲犯了罪,在充军路上,被解差乱棍打死。

蓝廷芳和叶恒昌我都认识。蓝廷芳住在竺家巷口,就在我家后门的斜对面。叶恒昌的恒记桐油栈在新巷口,我上小学时上学、放学都要从桐油栈门口走过,常看见叶恒昌端坐在柜台里面。叶恒昌是个大个子,看起来好像很有道行。但是我没有问过叶恒昌和蓝廷芳有没有这么回事。一来,我当时还是个孩子,二来这种事也不便问人家。

但是我很早就认为这只是一个故事。

而且这故事叫我很不舒服。为什么使我不舒服，我也说不清。

我常到五坛前面的渠里去捉乌龟。下了几天大雨，五坛放生池的水涨平岸，乌龟就会爬出来，爬到渠里快快活活地游泳。

《庄子》被人当作"经"念，而且有腔有调，而且敲钟击磬，这实在有点滑稽。

钓人的孩子

钓人的孩子

抗日战争时期。昆明大西门外。

米市,菜市,肉市。柴驮子,炭驮子。马粪。粗细瓷碗,砂锅铁锅。焖鸡米线,烧饵块。金钱片腿,牛干巴。炒菜的油烟,炸辣子的呛人的气味。红黄蓝白黑,酸甜苦辣咸。

每个人带着一生的历史,半个月的哀乐,在街上走。栖栖惶惶,忙忙碌碌。谁都希望意外地发一笔小财,在路上捡到一笔钱。

一张对摺着的钞票躺在人行道上。

用这张钞票可以量五升米,割三斤肉,或扯六尺细白布，——够做一件汗褂，或到大西门里牛肉馆要一盘冷片、一碗汤片、一大碗饭、四两酒，美美地吃一顿。

一个人弯腰去捡钞票。

噌——，钞票飞进了一家店铺的门里。

一个胖胖的孩子坐在门背后。他把钞票丢在人行道上，钞票上拴了一根黑线，线头捏在他的手里。他偷眼看着钞票，只等有人弯腰来拾，他就猛地一抽线头。

他玩着这种捉弄人的游戏，已经玩了半天。上当的已经有好几个人了。

胖孩子满脸是狡猾的笑容。

这是一个小魔鬼。

这孩子长大了，将会变成一个什么人呢？日后如果有人提起他的恶作剧，他多半会否认。——也许他真的已经忘了。

捡金子

这是一个怪人,很孤傲,跟谁也不来往,尤其是女同学。他是哲学系的研究生。他只有两个"听众",都是中文系四年级的学生。他们每天一起坐茶馆,在茶馆里喝清茶,磕葵花子,看书,谈天,骂人。哲学研究生高谈阔论的时候多,那两位只有插话的份儿,所以是"听众"。他们都有点玩世不恭。哲学研究生的玩世不恭是真的,那两位有点是装出来的。他们说话很尖刻,动不动骂人是"卑劣的动物"。他们有一套独特的语言。他们把漂亮的女同学叫做"虎",把谈恋爱叫做"杀虎",把钱叫做"刀"。有刀则可以杀虎,无刀则不能。诸如此类。他们都没有杀过一次虎。

这个怪人做过一件怪事:捡金子。昆明经常有日本飞机来空袭。一有空袭就拉警报。一有警报人们就都跑到城外的山野里躲避,叫做"逃警报"。哲学研究生推论:逃警报的人一定会把值钱的东西带在身边,包括金子;有人带金子,就会有人丢掉金子;有人丢掉金子,一定会有人捡到;人会捡到金子,我是人,故我可以捡到金子。这一套逻辑推理实在是无懈可击。于是在逃警报时他就沿路注意。他当真捡到金戒指,而且不止一次,不止一枚。

此人后来不知所终。

有人说他到了重庆,给《中央日报》写社论,骂共产党。

航空奖券

国民党的中央政府发行了一种航空救国奖券,头奖二百五十万元,月月开奖。虽然通货膨胀,钞票贬值,这二百五十万元一直还是一个相当大的数目。这就是说,在国民党统治范围的中国,每个月要凭空出现一个财主。花不多的钱,买一个很大的希望,因此人们趋之若鹜,代卖奖券的店铺的生意很兴隆。

　　中文系学生彭振铎高中毕业后曾教过两年小学，岁数比同班同学都大。他相貌平常，衣装朴素，为人端谨。他除了每月领助学金（当时叫做"贷金"），还在中学兼课，有一点微薄的薪水。他过得很俭省，除了买买书，买肥皂牙膏，从不乱花钱。不抽烟，不饮酒。只有他的一个表哥来的时候，他的生活才有一点变化。这位表哥往来重庆、贵阳、昆明，跑买卖。虽是做生意的人，却不忘情诗书，谈吐不俗。他来了，总是住在爱群旅社，必把彭振铎邀去，洗洗澡，吃吃馆子，然后在旅馆里长谈一夜。谈家乡往事，物价行情，也谈诗。平常，彭振铎总是吃食堂，吃有耗子屎的发霉的红米饭，吃炒芸豆，还有一种叫做芋磨豆腐的紫灰色的烂糊糊的东西。他读书很用功，但是没有一个教授特别赏识他，没有人把他当作才子来看。然而他在内心深处却是一个诗人，一个忠实的浪漫主义者。在中国诗人里他喜欢李商隐，外国诗人里喜欢雪莱，现代作家里喜欢何其芳。他把《预言》和《画梦录》读得几乎能背下来。他自己也不断地写一些格律严谨的诗和满纸烟云的散文。定稿后抄在一个黑漆布面的厚练习本里，抄得很工整。这些作品，偶尔也拿出来给人看，但只限于少数他所钦服而嘴又不太损的同学。同班同学中有一个写小说的，他就请他看过。这位小说家认真地看了一遍，说："很像何其芳。"

然而这位浪漫主义诗人却干了一件不大有诗意的事：他按月购买一条航空奖券。

他买航空奖券不是为了自己。

系里有个女同学名叫柳曦，长得很漂亮。然而天然不俗，落落大方，不像那些漂亮的或自以为漂亮的女同学整天浓妆艳抹，有明星气、少奶奶气或教会气。她并不怎样着意打扮，总是一件蓝阴丹士林旗袍，——天凉了则加一件玫瑰红的毛衣。她走起路来微微偏着一点脑袋，两只脚几乎走在一条线上，有一种说不出来的风致，真是一株风前柳，不枉了小名儿唤做柳曦。彭振铎和她一同上创作课。她写的散文也极清秀，文如其人，彭振铎自愧弗如。

尤其使彭振铎动心的是她有一段不幸的身世。有一个男的时常来找她。这个男的比柳曦要大五六岁，有时穿一件藏青哔叽的中山装，有时穿一套咖啡色西服。这是柳曦的未婚夫，在资源委员会当科长。柳曦的婚姻是勉强的。她的父亲早故，家境贫寒。这个男人看上了柳曦，拿钱供柳曦读了中学，又读了大学，还负担她的母亲和弟妹的生活。柳曦在高中一年级就跟他订婚了。她实际上是卖给了这个男人。怪不道彭振铎觉得柳曦的眉头总有点蹙着（虽然这更增加了她的美的深度），而且那位未婚夫来找她，两人一同往外走她总是和他离得远远的。

这是那位写小说的同学告诉彭振铎的。小说家和柳曦是小同乡，中学同学。

彭振铎很不平了。他要搞一笔钱，让柳曦把那个男人在她身上花的钱全部还清，把自己赎出来，恢复自由。于是他就按月购买航空奖券。他老是梦想他中了头奖，把二百五十万元连同那一册诗文一起捧给柳曦。这些诗文都是写给柳曦的。柳曦感动了，流了眼泪。投在他的怀里。

彭振铎的表哥又来了。彭振铎去看表哥，顺便买了一条航空奖券。到了爱群旅社，适逢表哥因事外出，留字请他少候。彭振铎躺在床上看书。房门开着。

彭振铎看见两个人从门外走过，是柳曦和她的未婚夫！他们走进隔壁的房间。不大一会儿，就听见柳曦的放浪的笑声。

彭振铎如遭电殛。

他觉得心里很不是滋味。

而且他渐渐觉得柳曦的不幸的身世、勉强的婚姻，都是那个写小说的同学编出来的。这个玩笑开得可太大了！

他怎么坐得住呢？只有走。

他回到宿舍，把那一册诗文翻出来看看。他并没有把它们烧掉。这些诗文虽然几乎篇篇都有柳，柳风、柳影、柳絮、杨花、浮萍……但并未点出柳曦的名字。留着，将来有机会献给另外一个人，也还是可以的。

航空奖券，他还是按月买，因为已经成了习惯。

一九八一年二月二日

晚饭后的故事

京剧导演郭庆春就着一碟猪耳朵喝了二两酒，咬着一条顶花带刺的黄瓜吃了半斤过了凉水的麻酱面，叼着前门烟，捏了一把芭蕉扇，坐在阳台上的竹躺椅上乘凉。他脱了个光脊梁，露出半身白肉。天渐渐黑下来了。楼下的马缨花散发着一阵一阵的清香。衡水老白干的饮后回甘和马缨花的香味，使得郭导演有点醺醺然了……

郭庆春小时候，家里很穷苦。父亲死得早，母亲靠缝穷维持一家三口的生活，——郭庆春还有个弟弟，比他小四岁。每天早上，母亲蒸好一屉窝头，留给他们哥俩，就夹着一个针线笸箩，上市去了。地点没有定准，哪里穿破衣服的人多就奔哪里。但总也不出那几个地方。郭庆春就留在家里看着弟弟。他有时也领着弟弟出去玩，去看过妈给人缝穷。妈靠墙坐在街边的一个马扎子上，在闹市之中，在车尘马足之间，在人们的腿脚之下，挣着他们明天要吃的杂和面儿。穷人家的孩子懂事早。冬天，郭庆春知道妈一定很冷；夏天，妈一定很热，很渴，很困。缝穷的冬天和夏天都特别长。郭庆春的街坊、亲戚都比较贫苦，但是郭庆春从小就知道缝穷的比许多人更卑屈，更低贱。他跟着大人和比他大些的孩子学会了说许多北京的俏皮话、歇后语："武大郎盘杠子，——上下够不着"，"户不拉喂饭，——不正经玩儿"等等，有一句歇后语他绝对不说，小时候不说，长大以后也不说："缝穷的撒尿，——瞅不冷子"。有一回一个大孩子当他面说了一句，他满脸通红，跟他打了一架。那孩子其实是无心说的，他不明白郭庆春为什么生那么大的气。

这个穷苦的出身，日后给他带来了无限的好处。

郭庆春十二三岁就开始出去奔自己的衣食了。

他有个舅舅，是在剧场（那会不叫剧场，叫戏园子，或者更古老一些，叫戏馆子）里"写字"的。写字是写剧场门口的海报，和由失业的闲汉扛着走遍九城的海报牌。那会已有报纸，剧场都在报上登了广告，可是很多人还是看了海报牌，知道哪家剧场今天演什么戏，才去买票的。舅舅的光景比郭家好些，也好不到哪里去。他时常来瞧瞧他的唯一的妹妹。他提出，庆春长得快齐他的肩膀高了（舅舅是个矮子），能把自己吃的窝头挣出来了。舅舅出面向放印子的借了一笔本钱，趸了一担西瓜。郭庆春在陕西巷口外摆了一个西瓜摊，把瓜切成块，卖西瓜。

他穿了条大裤衩，腰里插着一把芭蕉扇，学着吆唤：

"唉，闹块来！

脆沙瓤，

赛水糖，

唉，闹块来！……"

他头一回听见自己吆唤,有一种说不出来的新鲜感。他竟能吆唤得那样像。这不是学着玩,这是真事!他的弟弟坐在小板凳上看哥哥做买卖,也觉得很新鲜。他佩服哥哥。晚上,哥俩收了摊子,飞跑回家,把卖得的钱往妈面前一放:

"妈!钱!我挣的!"

妈这天给他们炒了个麻豆腐吃。

这种新鲜感很快就消失了。西瓜生意并不那样好。尤其是下雨天。他恨下雨。

有一天,倒是大太阳,卖了不少钱。从陕西巷里面开出一辆军用卡车,一下子把他的西瓜摊带翻了,西瓜滚了一地。他顾不上看摔破了、压烂了多少,纵起身来一把抓住卡车挡板后面的铁把手,哭喊着:

"你赔我!你赔我瓜!你赔我!"

卡车不理碴,尽快地往前开。

"你赔我!你赔我瓜!"

他的小弟弟迈着小腿在后面追:

"哥哥!哥哥!"

路旁行人大声喊：

"孩子，你撒手！他们不会赔你的！他们不讲理！孩子，撒手！快撒手！"

卡车飞快的开着，快开到珠市口了。郭庆春的胳臂吃不住劲了。他一松手，面朝下平拍在马路上。缓了半天，才坐起来。脸上、胸脯拉了好些的道道。围了好些人看。弟弟直哭："哥哥！唔，哥哥！"郭庆春拉着弟弟的手往回走，一面回头向卡车开去的方向骂："我操你妈！操你臭大兵的妈！"

在水管龙头上冲了冲，用擦西瓜刀的布擦擦脸，他还得做买卖。——他的滚散了的瓜已经有好心的大爷给他捡回来了。他接着吆唤：

"唉，闹块来！

我操你妈！

闹块来！

我操你臭大兵的妈！

闹块来！"

   …………

舅舅又来了。舅舅听说外甥摔了的事了。他跟妹妹说:"庆春到底还小,在街面上混饭吃,还早了点。我看叫他学戏吧。没准儿将来有个出息。这孩长相不错,有个人缘儿,扮上了,不难看。我听他的吆唤,有点膛音。马连良家原先不也是挺苦的吗?你瞧人家这会儿,净吃蹦虾仁!"

妈知道学戏很苦,有点舍不得。经舅舅再三开导,同意了。舅舅带他到华春社科班报了名,立了"关书"。舅舅是常常写关书的,写完了,念给妹妹听听。郭庆春的妈听到:"生死由命,概不负责。若有逃亡,两家寻找。"她听懂了,眼泪直往下掉。她说:"孩子,你要肚里长牙,千万可不能半途而废!我就指着你了。你还有个弟弟!"郭庆春点头,说:"妈,您放心!"

学戏比卖西瓜有意思!

耗顶,撕腿。耗顶得耗一炷香,大汗珠子叭叭地往下滴,滴得地下湿了一片。撕腿,单这个"撕"字就叫人肝颤。把腿楞给撕开,撕得能伸到常人达不到的角度。学生疼得真掉眼泪,抄功的董老师还是使劲地把孩子们的两只小腿往两边掰,毫不怜惜，一面嘴里说："若要人前显贵，必得人后受罪，小子，忍着点！"

接着，开小翻、开虎跳、前扑、蹲毛、倒插虎、乌龙搅柱、拧旋子、练云里翻……

这比卖西瓜有意思。

吃的是棒子面窝头、"三合油"，——韭菜花、青椒糊、酱油，倒在一个木桶里，拿开水一沏，这就是菜。学生们都吃得很香。郭庆春在出科以后多少年，在大城市的大旅馆里，甚至在国外，还会有时忽然想起三合油的香味，非常想喝一碗。大白菜下来的时候，就顿顿都是大白菜。有的时候，师父——班主忽然高了兴，在他的生日，或是买了几件得意的古董玉器，就吩咐厨子："给他们炒蛋炒饭！"蛋炒饭油汪汪的，装在一个大缸里，管饱！撑得这些孩子一个一个挺腰凸肚。

师父是个喜怒无常的人。高了兴，给蛋炒饭吃，稍不高兴，就"打通堂"。全科学生，每人五板子，平均对待，无一幸免。这板子平常就供在祖师爷龛子的旁边，谁也不许碰，神圣得很。到要用的时候,"请"下来。掌刑的,就是抄功的董老师。他打学生很有功夫,节奏分明,不紧不慢,轻重如一,不偏不向。师父说一声"搬板凳!"董老师在鼻孔里塞两撮鼻烟,抹了个蝴蝶,用一块大手绢把右手腕子缠住(防止闪了腕子),学生就很自觉地从大到小挨着个儿撩起衣服,趴到板凳上,老老实实,规规矩矩,挨那份内应得的重重的五下。

"打通堂"的原因很多。几个馋嘴师哥把师父买回来放在冰箱里准备第二天吃的熏鸡偷出来分吃了;一个调皮捣蛋的学生在董老师的鼻烟壶里倒进了胡椒面了;一个小学生在台上尿了裤子了……都可以连累大家挨一顿打。

"打通堂"给同科的师兄师弟留下极其甘美的回忆。他们日后聚在一起,常常谈起某一次"打通堂"的经过,彼此互相补充,谈得津津有味。"打通堂"使他们的同学意识变得非常深刻,非常坚实。这对于维系他们的感情,作用比一册印刷精美的同学录要大得多。

一同喝三合油,一同挨"打通堂",还一同生虱子，一同长疥，三四年很快过去了。孩子们都学会了几出戏，能应堂会，能上戏园子演出了。郭庆春学的是武生，能唱《哪吒闹海》、《蜈蚣岭》、《恶虎村》……（后来他当了教师，给学生开蒙，也是这几出）。因为他是个小白胖子（吃那种伙食也能长胖，真也是奇迹），长得挺好玩，在节日应景戏《天河配》里又总扮一个洗澡的小仙女，因此到他已经四十几岁，有儿有女的时候，旧日的同学还动不动以此事来取笑："你得了吧！到天河里洗你的澡去吧！"

他们每天排着队上剧场。都穿的长衫、棉袍，冬天戴着小帽头，夏天露着刮得发青的光脑袋。从科班到剧场，要经过一个胡同。胡同里有一家卖炒疙疸的，掌柜的是个跟郭庆春的妈差不多岁数的大娘，姓许。许大娘特别喜欢孩子，——男孩子。科班的孩子经过胡同时，她总站在门口一个一个地看他们。孩子们也知道许大娘喜欢他们，一个一个嘴很甜，走过跟前，都叫她：

"大娘！"

"哎!"

"大娘!"

"哎!"

许大娘知道科班里吃得很苦,就常常抓机会拉一两个孩子上她铺子里吃一盘炒疙疸。轮流请。华春社的学生几乎全吃过她的炒疙疸。以后他们只要吃炒疙疸,就会想起许大娘。吃的次数最多的是郭庆春。科班学生排队从许大娘铺子门前走过,大娘常常扬声叫庆春:"庆春哪,你放假回家的时候,到大娘这儿弯一下。"——"哎。"

许大娘有个女儿,叫招弟,比郭庆春小两岁。她很爱和庆春一块玩。许大娘家后面有一个很小的院子,院里有一棵马缨花,两盆茉莉,还有几盆草花。郭庆春吃完了炒疙疸(许大娘在疙疸里放了好些牛肉,加了半勺油),他们就在小院里玩。郭庆春陪她玩女孩子玩的抓子儿,跳房子;招弟也陪庆春玩男孩子玩的弹球。谁输了,就让赢家弹一下脑绷,或是拧一下耳朵,刮一下鼻子,或是亲一下。庆春赢了,招弟歪着脑袋等他来亲。庆春只是尖着嘴，在她脸上碰一下。

"亲都不会！饶你一下，重来！"

郭庆春看见招弟耳垂后面有一颗红痣（他头二年就看到了），就在那个地方使劲地亲了一下。招弟格格地笑个不停：

"痒痒！"

从此每次庆春赢了，就亲那儿。招弟也愿意让他亲这儿。每次都格格地笑，都说"痒痒"。

有一次许大娘看见郭庆春亲招弟，说："哪有这样玩的！"许大娘心里一沉：孩子们自己不知道，他们一天一天大了哇！

渐渐的，他们也知道自己大了，就不再这么玩了。招弟爱瞧戏。她家离戏园子近，跟戏园子的人都很熟，她可以随时钻进去看一会。她看郭庆春的《恶虎村》，也看别人的戏，尤其爱看旦角戏。看得多了，她自己也能唱两段。郭庆春会拉一点胡琴。后两年吃完了炒疙疸，就是庆春拉胡琴，招弟唱"苏三离了洪洞县"、"儿的父去投军无音信"……招弟嗓子很好。郭庆春松了琴弦，合上弓，常说：

"你该唱戏去的，耽误了，可惜！"

人大了，懂事了。他们有时眼对眼看着，看半天，不说话。马缨花一阵一阵地散发着清香。

许大娘也有了点心事。她很喜欢庆春。她也知道，如果由她做主把招弟许给庆春，招弟是愿意的。可是，庆春日后能成气候么？唱戏这玩意，唱红了，荣华富贵；唱不红，流落街头。等二年再说吧！

残酷的现实把许大娘的这点淡淡的梦砸得粉碎：庆春在快毕业的那年倒了仓，倒得很苦，——一字不出！"子弟无音客无本"，郭庆春见过多少师哥，在科班里是好角儿，一旦倒了仓，倒不过来，拉洋车，卖落花生，卖大碗茶。他惊恐万状，一身一身地出汗。他天不亮就到窑台喊嗓子，他听见自己那一点点病猫一样的嘶哑的声音，心都凉了。夜里做梦，念了一整出《连环套》，"愚下保镖，路过马兰关口……"脆亮响堂，高兴得从床上跳起来。一醒来，仍然是一字不出。祖师爷把他的饭碗收去了，他该怎么办呢？许大娘也知道庆春倒仓没倒过来了。招弟也知道了。她们也反反复复想了许多。

郭庆春只有两条路可走：当底包龙套，或是改行。

郭庆春坐科学戏是在敌伪时期，到他该出科时已经是抗战胜利，国民党中央军来了。"想中央，盼中央，中央来了更遭殃。"物价飞涨，剧场不上座。很多人连赶两包（在两处剧场赶两个角色），也奔不出一天的嚼裹儿。有人唱了一天戏，开的份儿只够买两个茄子，一家几口，就只好吃这两个熬茄子。满街都是伤兵，开口就是"老子抗战八年！"动不动就举起双拐打人。没开戏，他们就坐满了戏园子。没法子，就只好唱一出极其寡淡无味的戏，把他们唱走。有一出戏，叫《老道游山》，就一个角色——老道，拿着云帚，游山。游到哪里，"真好景致也"，唱一段，接着再游。没有别的人物，也没有一点故事情节，要唱多长唱多长。这出戏本来是评剧唱，后来京剧也唱。唱得这些兵大爷不耐烦了："他妈的，这叫什么戏！"一哄而去。等他们走了，再开正戏。

很多戏曲演员都改了行了。郭庆春的前几科的师哥，有的到保定、石家庄贩鸡蛋，有的在北海管租船，有的卖了糊盐，——盐炒糊了，北京还有极少数人家用它来刷牙，可是这能卖几个钱？……

有嗓子的都没了辙了，何况他这没嗓子的？他在科班虽然不是数一数二的好角儿，可是是能唱一出的。当底包龙套，他不甘心！再说，当底包龙套也吃不饱呀！郭庆春把心一横：干脆，改行！

春秋两季，拉菜车，从广渠门外拉到城里。夏天，卖西瓜。冬天，卖柿子。一车青菜，两千多斤。头几回拉，累得他要吐血。咬咬牙，也就挺过来了。卖西瓜，是他的老行当。西瓜摊还是摆在陕西巷口外。因为嗓子没音，他很少吆唤。但是人大了，有了经验，隔皮知瓤，挑来的瓜个个熟。西瓜片切得很薄，显得块儿大。木板上铺了蓝布，溻了水，显着这些瓜鲜亮水淋，咝咝地往外冒着凉气。卖柿子没有三天的"力笨"，人家咋卖咱咋卖。找个背风的旮旯儿，把柿子挨个儿排在地上，就着路灯的光，照得柿子一个一个黄澄澄的，饱满鼓立，精神好看，谁看了都想到围着火炉嚼着带着冰碴的凉柿子的那股舒服劲儿。卖柿子的怕回暖，尤其怕刮风。一刮风，冻柿子就流了汤了。风再把尘土涂在柿子皮上，又脏又黑，满完！因此，郭庆春就盼着一冬天都是那么干冷干冷的。

卖力气，做小买卖，不丢人！街坊邻居不笑话他。他的还在唱戏和已经改了行的师兄弟有时路过，还停下来跟他聊一会。有的师哥劝他别把功撂下，早上起来也到陶然亭喊两嗓子。说是有人倒仓好几年，后来又缓过来的。没准儿，有那一天，还能归到梨园行来。郭庆春听了师哥的话，间长不短的，耗耗腿，拉拉山膀，无非是解闷而已。

郭庆春没有再去看许大娘。他拉菜车、卖西瓜、卖柿子，不怕碰见别的熟人，可就怕碰见许大娘母女。听说，许大娘搬了家了，搬到哪里，他也没打听。北京城那样大，人一分开，就像树上落下两片叶子，风一吹，各自西东了。

北京城并不大。

一天晚上，干冷干冷的。郭庆春穿了件小棉

袄，蹲在墙旮旯。地面上的冷气从裆下一直透进他的后脊梁。一辆三轮车蹬了过来，车上坐了一个女的。

"三轮，停停。"

女的揭开盖在腿上的毛毯，下了车。

"这柿子不错，给我包四个。"

她扔下一条手绢，郭庆春挑了四个大的，包上了。他抬起头来，把手绢往上递：是许招弟！穿了一件长毛绒大衣。

许招弟一看，是郭庆春。

"你……这样了！"

郭庆春把脑袋低了下去。

许招弟把柿子钱丢在地下，坐上车，走了。

转过年来，夏天，郭庆春在陕西巷口卖西瓜，正吆唤着（他嗓子有了一点音了），巷里走出一个人来：

"卖西瓜的，递两个瓜来。——要好的。"

"没错！"

郭庆春挑了两个大黑皮瓜，对旁边的纸烟阁子的掌柜说:"劳您驾,给照看一下瓜摊。"——"你走吧。"郭庆春跟着要瓜的那人走,到了一家,这家正办喜事。堂屋正面挂着大红双喜幔帐,屋里屋外一股炮仗硝烟气味。两边摆着两桌酒。已经行过礼,客人入席了。郭庆春一看,新娘子是许招弟!她烫了发,抹了胭脂口红,耳朵下垂着水钻坠子。郭庆春把两个瓜放在旁边的小方桌上,拔腿就跑。听到后面有人喊:

"卖西瓜的,给你瓜钱!"

这是一个张恨水式的故事,一点小市民的悲欢离合。这样的故事在北京城每天都有。

北京解放了。

解放,使许多人的生活发生了急转直下的变化。许多故事产生了一个原来意想不到的结尾。

郭庆春万万没有想到,他会和一个老干部,一个科长结了婚,并且在结婚以后变成现在的郭导演。

北京解放以后,物价稳定,没有伤兵,剧场上座很好。很多改了行的演员又纷纷搭班唱戏了。他到他曾经唱过多次戏的剧场去听过几次蹭戏，紧锣密鼓，使他兴奋激动，筋肉伸张。随着锣经，他直替台上的同行使劲。

一个外地剧经到北京来约人。那个贩卖鸡蛋的师哥来找郭庆春：

"庆春，他们来找了我。我想去。我提了你。北京的戏不好唱。咱先到外地转转。你的功底我知道，这些年没有全撂下，稍稍练练，能捡回来。听你吆唤，嗓子出来了。咱们一块去吧。学了那些年，能就扔下吗？就你那几出戏，管保能震他们一下子。"

郭庆春沉吟了一会，说："去！"

到了那儿，安顿下了，剧团团长领他们几个新从北京约来的演员去见见当地文化局的领导。戏改科的杨科长接见了他们。杨科长很忙，一会儿接电话，一会在秘书送来的文件收文簿上签字，显得很果断，很有气魄。杨科长勉励了他们几句，说他们是剧团的"新血液"，希望他们发挥自己的专长，为人民服务。郭庆春连连称是。他对杨科长油然产生一种敬重之情。一个女的，能当科长，了不起！他觉得杨科长的举止动作，言谈话语，都像一个男人，不像是个女的。

重返舞台，心情紧张。一生成败，在此一举。三天"打炮"，提心吊胆。没有想到，一"炮"而红。他第一次听到台下的掌声，好像在做梦。第三天《恶虎村》，出来就有碰头好。以后"四记头"亮相，都有掌声。他扮相好，身上规矩，在台上很有人缘。他也的确是"卯上"了。经过了生活上的一番波折，他这才真正懂得在进科班时他妈跟他说的话："要肚里长牙"。他在台上从不偷工惜力，他深深知道把戏唱砸了，出溜下来，会有什么后果。他的戏码逐渐往后挪，从开场头一二出挪到中间，又挪到了倒第二。他很知足了，这就到了头。在科班时他就知道自己唱不了大轴，不是那材料。一个人能吃几碗干饭，自己清楚，别人也清楚。

杨科长常去看京剧团的戏。一半由于职务，一半出于爱好。他万万没有想到，她后来竟成了他的爱人。

郭庆春在阳台上忽然一个人失声笑了出来。他的女儿在屋里问："爸爸，你笑什么？"

他笑他们那个讲习会。市里举办了第一届全市旧艺人讲习会。局长是主任，杨科长是副主任。讲《新民主主义论》、社会发展史、政治经济学。小组讨论，真是笑话百出。杨科长一次在讲课时说："列宁说过……"一个拉胡琴的老艺人问："列宁是唱什么的？"——"列宁不是唱戏的。"——"哦，不是唱戏的，那咱们不知道。"又有一次，杨科长鼓励大家要有主人翁思想，这位老艺人没有听明白前言后语，站起来说："咱们是从旧社会来的，什么坏思想都有，就这主人翁思想，咱没有！"原来他以为主人翁思想就是想当班主的思想。

讲习会要发展一批党员。郭庆春被列为培养对象。杨科长时常找他个别谈话。鼓励他建立革命人生观，提高阶级觉悟，提高政治水平，要在政治上有表现，会上积极发言。郭庆春很认真也很诚恳地照办了。他大小会都发言。讲的最多的是新旧社会对比。他有切身感受，无须准备，讲得很真实，很生动。同行的艺人多有类似经历，容易产生共鸣。讲的人、听的人个个热泪盈眶，效果很好。讲习班结业时，讨论发展党员名单，他因为出身好，政治表现突出，很顺利地通过了。他的入党介绍人是杨科长和局长。

第一批发展的党员，回到剧团，全都成了剧团的骨干。郭庆春被提升为副团长、艺委会主任。

因为时常要到局里请示汇报工作，他和杨科长接触的机会就更多了。熟了，就不那么拘谨了，有时也说点笑话，聊点闲天。局里很多人叫杨科长叫杨大姐或大姐，郭庆春也随着叫。虽然叫大姐，他还是觉得大姐很有男子气。

没想到，大姐提出要跟他结婚。他目瞪口呆，结结巴巴，不知说什么好。他觉得和一个领导结婚，简直有点乱伦的味道，他想也没有想过。天地良心，他在大姐面前从来没有起过邪念。他当然同意。

杨科长的老战友们听说她结了婚，很诧异。听说是和一个京剧演员结婚，尤其诧异。她们想：她这是图什么呢？她喜欢他什么？

虽然结了婚，他们的关系还是上下级。不论是在工作上，在家里，她是领导，他是被领导。他习惯于"服从命令听指挥"，觉得这样很舒服，很幸福。

杨科长是个目光远大的人，她得给庆春（和她自己）安排一个远景规划的蓝图。庆春目前一切都很顺利，但要看到下一步。唱武生的，能在台上蹦跶多少年呢？照戏班里的说法，要找一个"落劲"。中央戏剧学院举办导演训练班，学员由各省推荐。市里分到一个名额，杨科长提出给郭庆春，科里、局里都同意。郭庆春在导演训练班学了两年，听过苏联专家的课，比较系统的知道斯坦尼斯拉夫斯基体系。毕业之后，回到剧团，大家自然刮目相看。这个剧团原来没有导演，要排新戏，排《三打祝家庄》、《红娘子》，不是向外地剧团学，"刻模子"，就是请话剧团的导演来排。郭庆春学成归来，就成了专职导演。剧团里的人，有人希望他露两手，有人等着看他的笑话。接连排了两个戏，他全"拿"下来了。他并没有用一些斯坦尼的术语去唬人，他知道那样会招人反感。他用一些戏曲演员所熟悉，所能接受的行话临场指挥。比如，他不说"交流"，却说"过电"，——"你们俩得过电哪！"他不说什么"情绪的记忆"这样很玄妙的词儿，他只说是"神气"。"你要长神气。——长一点，再长一点！"他用的舞台调度也无非还是斜胡同、蛇蜕皮……但是变了一下，就使得演员既"过得去"、"走得上来"，又觉得新鲜。郭导演的威信建立起来了。从此，他不上舞台了。有时，有演员病了，他上去顶一角，人们就要竖大拇指："瞧人家郭导演，不拿导演架子！好样儿的！"

不但在本剧团，外剧团也常请他。京剧、评剧、梆子，他全导过。一通百通，应付裕如。他导的戏，已经不止一出拍成了戏曲艺术片。郭庆春三个字印在影片的片头，街头的广告上。

他不会再卖西瓜，卖柿子了。

他曾经两次参加戏剧代表团出国，到过东欧、苏联，到过朝鲜。他听了曾经出过国的师哥的建议，带了一包五香粉，一瓶酱油，于是什么高加索烤羊肉、带血的煎牛排，他都能对付。他很想带一罐臭豆腐，经同行团员的劝阻，才没有带。量服装的时候，问他大衣要什么料子，他毫不迟疑地说："长毛绒！"服装厂的同志说在外国，男人没有穿长毛绒的，这才改为海军呢。

他在国外照了好多照片，黑白的，还有彩色的。他的爱人一张一张地贴在仿古缎面的相册上。这些照片上的郭庆春全都是器宇轩昂，很像个大导演。

由于爱人的活动（通过各种"老战友"的关系），他已经调到北京的剧团里来了。他的母亲还健在。他的弟弟由于他的资助，上了学，现在在一家工厂当出纳。他有了一个女儿，已经上小学了。他有一套三居室的单元。他在剧团里自然也有气儿不顺的时候：为一个戏置景置装的费用，演员的"人位"，和领导争得面红耳赤，摔门，拍桌子；偶尔有很"葛"的演员调皮捣蛋"吊腰子"，当面顶撞，出言不逊，气得他要休克，但是这样的时候不多，一年也只是七八次。总的说来，一切都很顺利。他对自己的生活很满意。因为满意，就没有理由不发胖，于是就发胖了。

他的感情是平稳的、柔软的、滑润的，像一块奶油（从国外回来，他养成爱吃奶油的习惯）。

今天遇见了一件事，使他的情绪有一点小小的波动。

剧团招收学员，他是主考。排练厅里摆了一张乒乓案子，几把椅子。他坐在正中的一把上。像当初他进科班时被教师考察一样，一个一个考察着来应试的男孩子、女孩子。看看他们的相貌，体格，叫他们唱两句，拉一个山膀，踢踢腿，——来应试的孩子多半在家里请人教过，都能唱几句，走几个"身上"。然后在名单上用铅笔做一些记号。来应试的女孩子里有一个叫于小玲。这孩子一走出来，郭庆春就一愣，这孩长得太像一个人了。他有点走神。于小玲的唱（她唱的是"苏三离了洪洞县"），所走的"身子"，他都没有认真地听，看，名单上于小玲的名字底下，什么记号也没有做。

学员都考完了，于小玲往外走。郭庆春叫住她：

"于小玲。"

于小玲站住：

"您叫我？"

"……你妈姓什么？"

"姓许。"

没错，是许招弟的女儿。

"你爸爸……对，姓于。他还好吗？"

"我爸死了，有五年了。"

"你妈挺好？"

"还可以。"

"……她还是那样吗？"

"您认得我妈？"

"认得。"

"我妈就在外面。妈——！"

于小玲走出排练厅，郭庆春也跟着走出来。

迎面走过来许招弟。

许招弟还那样，只是憔悴瘦削，显老了。

"妈，这是郭导演。"

许招弟看着郭庆春，很客气地称呼一声：

"郭导演！"

郭庆春不知怎么称呼她好，也不能像小时候一样叫她招弟，只好含含糊糊地应了一声，问道：

"您倒好？"

"还凑合。"

"多年不见了。"

"有年头了。——这孩子，您多关照。"

"她不错。条件挺好。"

"回见啦。"

"回见！"

许招弟领着女儿转身走了。郭庆春看见她耳垂后面那颗红痣，有些怅惘。

以上，是京剧导演郭庆春在晚饭之后，微醺之中，闻着一阵一阵的马缨花的香味时所想的一些事。想的时候自然是飘飘忽忽，断断续续的。如果用意识流方法照实地记录下来，将会很长。为省篇幅，只能挑挑拣拣，加以剪裁，简单地勾出一个轮廓。

郭导演想：……一个人走过的路真是很难预料。如果不是解放了，他会是什么样子呢？也许还是卖西瓜、卖柿子、拉菜车？……如果他出科时不倒仓，又会是什么样子呢？也许他就唱红了，也许就会和许招弟结了婚。那么于小玲就会是他的女儿，她会不姓于，而姓郭？……

他正在这样漫无边际地想下去，他的女儿在屋里娇声喊道：

"爸，你进来，我要你！"

正好夹在手里的大前门已经吸完，烟头烧痛了他的手指，他把烟头往楼下的马缨花树帽上一扔，进屋去了。

第二天，郭导演上午导了一场戏，中午，几个小青年拉他去挑西瓜。

"郭导演，给我们挑一个瓜。"

"去一边去！当导演的还管挑西瓜呀！"

但还是被他们连推带拽地去了。他站在一堆西瓜前面巡视一下，挑了一个，用右手大拇指按在瓜皮上，用力往前一蹭，放在耳朵边听一听，轻轻拍一下：

"就这个！保证脆沙瓤。生了，瘆了，我给钱！"

他抄起案子上的西瓜刀，一刀切过去，只听见咯喳一声，瓜裂开了：薄皮、红瓤、黑籽。

卖瓜的惊奇地问：

"您卖过瓜？"

"我卖瓜的那阵，还没有你哪！哈哈哈哈……"

他大笑着走回剧团。谁也不知道他的笑声里包含了多少东西。

过了几天，招考学员发了榜，于小玲考取了。人们都说，是郭导演给她使了劲。

故乡人

打鱼的

女人很少打鱼。

打鱼的有几种。

一种用两只三桅大船，乘着大西北风，张了满帆，在大湖的激浪中并排前进，船行如飞，两船之间挂了极大的拖网，一网上来，能打上千斤鱼。而且都是大鱼。一条大铜头鱼（这种鱼头部尖锐，颜色如新擦的黄铜，肉细味美，有的地方叫做黄段），一条大青鱼，往往长达七八尺。较小的，也都在五斤以上。起网的时候，如果觉得分量太沉，会把鱼放掉一些，否则有把船拽翻了的危险。这种豪迈壮观的打鱼，只能在严寒的冬天进行，一年只能打几次，鱼船的船主都是个小财主，虽然他们也随船下湖，驾船拉网，勇敢麻利处不比雇来的水性极好的伙计差到哪里去。

一种是放鱼鹰的。鱼鹰分清水、浑水两种。浑水鹰比清水鹰值钱得多。浑水鹰能在浑水里睁眼，清水鹰不能。湍急的浑水里才有大鱼，名贵的鱼。清水里只有普通的鱼，不肥大，味道也差。站在高高的运河堤上看人放鹰捉鱼，真是一件快事。一般是两个人，一个撑船，一个管鹰。一船鱼鹰，多的可到二十只。这些鱼鹰歇在木架上，一个一个都好像很兴奋，不停地鼓嗓子，扇翅膀，有点迫不及待的样子。管鹰的把篙子一摆，二十只鱼鹰扑通扑通一齐钻进水里，不大一会，接二连三的卜来了。嘴里都叼着一条一尺多长的鳜鱼，鱼尾不停地搏动。没有一只落空。有时两只鱼鹰合抬着一条大鱼。喝！这条大鳜鱼！烧出来以后，哪里去找这样大的鱼盘来盛它呢？

一种是扳罾的。

一种是撒网的。……

还有一种打鱼的：两个人，都穿了牛皮缝制的连鞋子、裤子带上衣的罩衣，颜色白黄白黄的，站在齐腰的水里。一个张着一面八尺来宽的兜网；另一个按着一个下宽上窄的梯形的竹架，从一个距离之外，对面走来，一边一步一步地走，一边把竹架在水底一戳一戳地戳着，把鱼赶进网里。这样的打鱼的，只有在静止的浅水里，或者在虽然流动但水不深，流不急的河里，如护城河这样的地方，才能见到。这种打鱼的，每天打不了多少，而且没有很大的，很好的鱼。大都是不到半斤的鲤鱼拐子、鲫瓜子、鲶鱼。连不到二寸的"罗汉狗子"。薄得无肉的"猫杀子"，他们也都要。他们时常会打到乌龟。

在小学校后面的苇塘里，臭水河，常常可以看到两个这样的打鱼的。一男一女。他们是两口子。男的张网，女的赶鱼。奇怪的是，他们打了一天的鱼，却听不到他们说一句话。他们的脸上既看不出高兴，也看不出失望、忧愁，总是那样平平淡淡的，平淡得近于木然。除了举网时听到欸的一声，和梯形的竹架间或搅动出一点水声，听不到一点声音。就是举网和搅水的声音，也很轻。

有几天不看见这两个穿着黄白黄白的牛皮罩衣的打鱼的了。又过了几天，他们又来了，按着梯形竹架赶鱼的换了一个人，一个十五六岁的小姑娘。辫根缠了白头绳。一看就知道，是打鱼人的女儿，她妈死了，得的是伤寒。她来顶替妈的职务了。她穿着妈穿过的皮罩衣，太大了，腰里窝着一块，更加显得臃肿，她也像妈一样，按着梯形竹架，一戳一戳地戳着，一步一步地往前走。

她一定觉得：这身湿了水的牛皮罩衣很重，秋天的水已经很凉，父亲的话越来越少了。

金大力

金大力想必是有个大名的，但大家都叫他金大力，当面也这样叫。为什么叫他金大力，已经无从查考。他姓金，块头倒是很大。他家放剩饭的淘箩，年下腌制的风鱼咸肉，都挂得很高，别人够不着，他一伸手就能取下来，不用使竹竿叉棍去挑，也不用垫一张凳子。身大力不亏。但是他是不是有很大的力气，没法证明。关于他的大力，没有什么传说的故事，他没有表演过一次，也没有人和他较量过。他这人是不会当众表演，更不会和任何人较量的。因此，大力只是想当然耳。是不是和戏里的金大力有什么关系呢？也说不定。也许有。他很老实，也没有什么本事，这一点倒和戏里的金大力有点像。戏里的金大力只是个傻大个儿，哪次打架都有他，有黄天霸就有他，但哪回他也没有打得很出色。人们在提起金大力时，并不和戏台上那个戴着红缨帽或盘着一条大辫子，拿着一根可笑的武器，——一根红漆的木棍的那个金大力的形象联系起来。这个金大力和那个金大力不大相干。这个金大力只是一个块头很大的，家里开着一爿茶水炉子，本人是个瓦匠头儿的老实人。

他怎么会当了瓦匠头儿呢？

按说，瓦匠里当头儿的，得要年高望重，手艺好，有两手绝活，能压众，有口才，会讲话，能应付场面，还得有个好人缘儿。前面几条，金大力都不沾。金大力是个很不够格的瓦匠，他的手艺比一个刚刚学徒的小工强不了多少，什么活也拿不起来。一般老师傅会做的活，不用说相地定基，估工算料，砌墙时挂线，布瓦时堆瓦脊两边翘起的山尖，用一把瓦刀舀起半桶青灰在瓦脊正中塑出花开四面的浮雕……这些他统统不会，他连砌墙都砌不直！当了一辈子瓦匠，砌墙会砌出一个鼓肚子，真也是少有。他是一个瓦匠头，只能干一些小工活，和灰送料，传砖递瓦。这人很拙于言词，一天说不了几句话，老是闷声不响，他不会说几句恭喜发财，大吉大利的应酬门面话讨主人家喜欢；也不会说几句夸赞奉承，道劳致谢的漂亮话叫同行高兴；更不会长篇大套地训教小工以显示一个头儿的身份。他说的只是几句实实在在的大实话。说话很慢，声音很低，跟他那副大骨架很不相符。只有一条，他倒是具备的：他有一个好人缘儿。不知道为什么，他的人缘儿会那么好。

这一带人家，凡有较大的泥工瓦活，都愿意找他。一般的零活，比如检个漏，修补一下被雨水冲坍的山墙，这些，直接雇两个瓦匠来就行了，不必通过金大力。若是新建房屋，或翻盖旧房，就会把金大力叫来。金大力听明白了是一个多大的工程，就告辞出来。他算不来所需工料、完工日期，就去找有经验的同行商议。第二天，带了一个木匠头儿，一个瓦匠老师傅，拿着工料单子，向主人家据实复告。主人家点了头，他就去约人、备料。到窑上订砖、订瓦，到石灰行去订石灰、麻刀、纸脚。他一辈子经手了数不清的砖瓦石灰，可是没有得过一手钱的好处。

这里兴建动工有许多风俗。先得"破土"。由金大力用铁锹挖起一小块土，铲得四方四正，用红纸包好，供在神像前面。——这一方上要到完工时才撤去。然后，主人家要请一桌酒。这桌酒有两点特别处，一是席面所用器皿都十分粗糙，红漆筷子，蓝花粗瓷大碗；二是，菜除了猪肉、豆腐外，必有一道泥鳅,这好像有一点是和泥瓦匠开玩笑,但瓦匠都不见怪,因为这是规矩。这桌酒,主人是不陪的,只是出来道一声"诸位多辛苦",然后就委托金大力:"金师傅,你陪陪吧!"金大力就代替了主人,举起酒杯,喝下一口淡酒。这时木匠已经把房架立好,到了择定吉日的五更头,上了梁,——梁柱上贴了一副大红对子:"登柱喜逢黄道日,上梁正遇紫微星",两边各立了一面筛子,筛子里斜贴了大红斗方,斗方的四角写着"吉星高照",金大力点起一挂鞭,泥瓦工程就开始了。

每天,金大力都是头一个来,比别人要早半小时。来了,把孩子们搬下来搭桥、搭鸡窝玩的砖头捡回砖堆上去,把碍手碍脚的根棍棒棒归置归置,清除"脚手"板子上昨天滴下的灰泥,把"脚手"往上提一提,捆"脚手"的麻绳紧一紧,扫扫地,然后,挑了两担水来,用铁锹抓钩和青灰,——石灰里兑了锅烟;和黄泥。灰泥和好,伙计们也就来上工了。他是个瓦匠,上工时照例也在腰带里掖一把瓦刀,手里提着一个抿子。可是他的瓦刀抿子几乎随时都是干的。他一天使的家伙就是铁锹抓钩，他老是在和灰、和泥。他只能干这种小工活，也就甘心干小工活。他从来不想去露一手，去逞能卖嘴，指手划脚，到了半前晌和半后晌，伙计们照例要下来歇一会，金大力看看太阳，提起两把极大的紫砂壶就走。在壶里撮了两大把茶叶梗子，到他自己家的茶水炉上，灌了两壶水，把茶水筛在大碗里，就抬头叫嚷："哎，下来喝茶来！"傍晚收工时，他总是最后一个走。他要各处看看，看看今天的进度、质量（他的手艺不高，这些都还是会看的），也看看有没有留下火星（木匠熬胶要点火，瓦匠里有抽烟的）。然后，解下腰带，从头到脚，抽打一遍。走到主人家窗下，扬声告别："明儿见啦！晚上你们照看着点！"——"好来，我们会照看。明儿见，金师傅！"

金大力是个瓦匠头儿，可是拿的工钱很低，比一个小工多不了多少。同行师傅们过意不去，几次提出要给金头儿涨涨工钱。金大力说："不。干什么活，拿什么钱。再说，我家里还开着一爿茶水炉子，我不比你们指身为业。这我就知足。"

金家茶炉子生意很好。一早、晌午、傍黑，来打开水的人很多，提着木樋子的，提着洋铁壶、暖壶、茶壶的，川流不息。这一带店铺人家一般不烧开水，要用开水，多到茶炉子上去买，这比自己家烧方便。茶水炉子，是一个砖砌的长方形的台子，四角安四个很深很大的铁罐，当中有一个火口。这玩意，有的地方叫做"老虎灶"。烧的是稻糠。稻糠着得快，火力也猛。但这东西不经烧，要不断地往里续。烧火的是金大力的老婆。这是个很结实也很利索的女人。只见她用一个小铁簸箕，一簸箕一簸箕地往火口里倒糠。火光轰轰地一阵一阵往上冒，照得她满脸通红。半箩稻糠烧完，四个铁罐里的水就哗哗地开了，她就等着人来买水，一舀子一舀子往各种容器里倒。到罐里水快见底时，再烧。一天也不见她闲着。（稻糠的灰堆在墙角，是很好的肥料，卖给乡下人垩田，一个月能卖不少钱。）

茶炉子用水很多。金家茶炉的一半地方是三口大水缸。因为缸很深，一半埋在地里。一口缸容水八担，金家一天至少要用二十四担水。这二十四担水都是金大力挑的。有活时，他早晚挑；没活时（瓦匠不能每天有活）白天挑。因为经常挑水，总要撒泼出一些，金家茶炉一边的地总是湿漉漉的，铺地的砖发深黑色（另一边的砖地是浅黑色）。你要是路过金家茶炉子，常常可以看见金大力坐在一根搭在两只水桶的扁担上休息，好像随时就会站起身来去挑一担水。

金大力不变样，多少年都是那个样子。高大结实，沉默寡言。

不，他也老了。他的头发已经有了几根白的了，虽然还不大显，墨里藏针。

钓鱼的医生

这个医生几乎每天钓鱼。

他家挨着一条河。出门走几步，就到了河边。这条河不宽。会打水撇子（有的地方叫打水漂，有的地方叫打水片）的孩子，捡一片薄薄的破瓦，一扬手忒忒忒忒，打出二十多个，瓦片贴水飘过河面，还能蹦到对面的岸上。这条河下游淤塞了，水几乎是不流动的。河里没有船。也很少有孩子到这里来游水，因为河里淹死过人，都说有水鬼。这条河没有什么用处。因为水不流，也没有人挑来吃。只有南岸的种菜园的每天挑了浇菜。再就是有人家把鸭子赶到河里来放。河南岸都是大柳树。有的欹侧着，柳叶都拖到了水里。河里鱼不少，是个钓鱼的好地方。

你大概没有见过这样的钓鱼的。

他搬了一把小竹椅，坐着。随身带着一个白泥小炭炉子，一口小锅，提盒里葱姜作料俱全，还有一瓶酒。他钓鱼很有经验。钓竿很短，鱼线也不长，而且不用漂子，就这样把钓线甩在水里，看到线头动了，提起来就是一条。都是三四寸长的鲫鱼。——这条河里的鱼以白条子和鲫鱼为多。白条子他是不钓的，他这种钓法，是钓鲫鱼的。钓上来一条，刮刮鳞洗净了，就手就放到锅里。不大一会，鱼就熟了。他就一边吃鱼，一边喝酒，一边甩钩再钓。这种出水就烹制的鱼味美无比，叫做"起水鲜"。到听见女儿在门口喊："爸——！"知道是有人来看病了，就把火盖上，把鱼竿插在岸边湿泥里，起身往家里走。不一会，就有一只钢蓝色的蜻蜓落在他的鱼竿上了。

这位老兄姓王，字淡人。中国以淡人为字的好像特别多，而且多半姓王。他们大都是阴历九月生的，大名里一定还带一个菊字。古人的一句"人淡如菊"的诗，造就了多少人的名字。

王淡人的家很好认。门口倒没有特别的标志。大门总是开着的，望里一看，就看到通道里挂了好几块大匾。匾上写的是"功同良相""济世救人""仁心仁术""术绍岐黄""杏林春暖""橘井流芳""妙手回春""起我沉疴"……医生家的匾都是这一套。这是亲友或病家送给王淡人的祖父和父亲的。匾都有年头了，匾上的金字都已经发暗。到王淡人的时候，就不大兴送匾了。送给王淡人的只有一块，匾很新，漆地乌亮，匾字发光，是去年才送的。这块匾与医术无关，或关系不大，匾上写的是"急公好义"，字是颜体。

进了过道，是一个小院子。院里种着鸡冠、秋葵、凤仙一类既不花钱，又不费事的草花。有一架扁豆。还有一畦瓢菜。这地方不吃瓢菜，也没有人种。这一畦瓢菜是王淡人从外地找了种子，特为种来和扁豆配对的。王淡人的医室里挂着一副郑板桥写的（木板刻印的）对子："一庭春雨瓢儿菜，满架秋风扁豆花。"他很喜欢这副对子。这点淡泊的风雅，和一个不求闻达的寒士是非常配称的。其实呢？何必一定是瓢儿菜，种什么别的菜也不是一样吗？王淡人花费心思去找了瓢菜的菜种来种，也可看出其天真处。自从他种了瓢菜，他的一些穷朋友在来喝酒的时候，除了吃王淡人自己钓的鱼，就还能尝到这种清苦清苦的菜蔬了。

过了小院，是三间正房，当中是堂屋，一边是卧房，一边是他的医室。

他的医室和别的医生的不一样，像一个小药铺。架子上摆着许多青花小磁坛，坛口塞了棉纸卷紧的塞子，坛肚子上贴着浅黄蜡笺的签子，写着"九一丹""珍珠散""冰片散"……到处还有一些大大小小的乳钵，药碾子、药臼、嘴刀、剪子、镊子、钳子、钎子、往耳朵和喉咙里吹药用的铜鼓……他这个医生是"男妇内外大小方脉"，就是说内科、外科、妇科、儿科，什么病都看。王家三代都是如此。外科用的药，大都是"散"——药面子。"神仙难识丸散"，多有经验的医生和药铺的店伙也鉴定不出散的真假成色，都是一些粉红的或雪白的粉末。虽然每一家药铺都挂着一块小匾"修合存心"，但是王淡人还是不相信。外科散药里有许多贵重药：麝香、珍珠、冰片……哪家的药铺能用足？因此，他自己炮制。他的老婆、儿女，都是他的助手，经常看到他们抱着一个乳钵，握着乳锤，一圈一圈慢慢地磨研（散要研得极细，都是加了水"乳"的）。另外，找他看病的多一半是乡下来的，即使是看内科，他们也不愿上药铺去抓药，希望先生开了方子就给配一付，因此，他还得预备一些常用的内科药。

城里外科医生不多，——不知道为什么，大家对外科医生都不大看得起，觉得都有点"江湖"，不如内科清高，因此，王淡人看外科的时间比较多。一年也看不了几起痈疽重症，多半是生疮长疖子，而且大都是七八岁狗都嫌的半大小子。常常看见一个大人带着生癞痢头的瘦小子，或一个长痄腮的胖小子走进王淡人家的大门；不多一会，就又看见领着出来了。生癞痢的涂了一头青黛，把一个秃光光的脑袋涂成了蓝的；生痄腮的腮帮上画着一个乌黑的大圆饼子，——是用掺了冰片研出的陈墨画的。

这些生疮长疖子的小病症，是不好意思多收钱的，——那时还没有挂号收费这一说。而且本地规矩，熟人看病，很少当下交款，都得要等"三节算账"，——端午、中秋、过年。忘倒不会忘的，多少可就"各凭良心"了。有的也许为了高雅，其实为了省钱，不送现钱，却送来一些华而不实的礼物：枇杷、扇子、月饼、莲蓬、天竺果子、腊梅花。乡下来人看病，一般倒是当时付酬，但常常不是现钞，或是二十个鸡蛋、或一升芝麻、或一只鸡、或半布袋鹌鹑！遇有实在困难，什么也拿不出来的，就由病人的儿女趴下来磕一个头。王淡人看看病人身上盖着的破被，鼻子一酸，就不但诊费免收，连药钱也白送了。王淡人家吃饭不致断顿，——吃扁豆、瓢菜、小鱼、糙米——和炸鹌鹑！穿衣可就很紧了。淡人夫妇，十多年没添置过衣裳。只有儿子女儿一年一年长高，不得不给他们换换季。有人说：王淡人很傻。

王淡人是有点傻。去年、今年，就办了两件傻事。

去年闹大水。这个县的地势，四边高，当中低，像一个水壶，别名就叫做盂城。城西的运河河底，比城里的南北大街的街面还要高。站在运河堤上，可以俯瞰城中鳞次栉比的瓦屋的屋顶；城里小孩放的风筝，在河堤游人的脚底下飘着。因此，这地方常闹水灾。水灾好像有周期，十年大闹一次。去年闹了一次大水。王淡人在河边钓鱼，傍晚听见蛤蟆爬在柳树顶上叫，叫得他心惊肉跳，他知道这

故乡人　063

是不祥之兆。蛤蟆有一种特殊的灵感，水涨多高，它就在多高处叫。十年前大水灾就是这样。果然，连天暴雨，一夜西风，运河决了口，浊黄色的洪水倒灌下来，平地水深丈二，大街上成了大河。大河里流着箱子、柜子、死牛、死人。这一年死于大水的，有上万人。大水十多天未退，有很多人困在房顶、树顶和孤岛一样的高岗子上挨饿；还有许多人生病：上吐下泻，痢疾伤寒。王淡人就用了一根结结实实的撑船用的长竹篙挂着，在齐胸的大水里来往奔波，为人治病。他会水，在水特深的地方，就横执着这根竹篙，泅水过去。他听说泰山庙北边有一个被大水围着的孤村子，一村子人都病倒了。但是泰山庙那里正是洪水的出口，水流很急，不能容舟，过不去！他和四个水性极好的专在救生船上救人的水手商量，弄了一只船，在他的腰上系了四根铁链，每一根又分在一个水手的腰里，这样，即使是船翻了，他们之中也可能有一个人把他救起来。船开了，看着的人的眼睛里都蒙了一层眼泪。眼看这只船在惊涛骇浪里颠簸出没，终于靠到了那个孤村,大家发出了雷鸣一样的欢呼。这真是玩儿命的事!

水退之后,那个村里的人合送了他一块匾,就是那块"急公好义"。

拿一条命换一块匾,这是一件傻事。

另一件傻事是给汪炳治搭背,今年。

汪炳是和他小时候一块掏蛐蛐,放风筝的朋友。这人原先很阔。这一街的老人到现在还常常谈起他娶亲的时候,新娘子花鞋上缀的八颗珍珠,每一颗都有指头顶子那样大!这家伙,吃喝嫖赌抽大烟,把家业败得精光,连一片瓦都没有,最后只好在几家亲戚家寄食。这一家住三个月,那一家住两个月。就这样,他还抽鸦片!他给人家熬大烟,报酬是烟灰和一点膏子。他一天夜里觉得背上疼痛,浑身发烧,早上歪歪倒倒地来找王淡人。

王淡人一看,这是个有名有姓的外症:搭背。说:"你不用走了!"

王淡人把汪炳留在家里住,管吃、管喝,还管他抽鸦片,——他把王淡人留着配药的一块云土抽去了一半。王淡人祖上传下来的麝香、冰片也为他用去了三分之一。一个多月以后，汪炳的搭背收口生肌，好了。

有人问王淡人："你干吗为他治病？"王淡人倒对这话有点不解，说："我不给他治，他会死的呀。"

汪炳没有一个钱。白吃，白喝，白治病。病好后，他只能写了很多鸣谢的帖子，贴在满城的街上，为王淡人传名。帖子上的言词倒真是淋漓尽致，充满感情。

王淡人的老婆是很贤惠的，对王淡人所做的事没有说过一个不字。但是她忍不住要问问淡人："你给汪炳用掉的麝香、冰片，值多少钱？"王淡人笑一笑，说："没有多少钱。——我还有。"他老婆也只好笑一笑，摇摇头。

王淡人就是这样，给人看病，看"男女内外大小方脉"，做傻事，每天钓鱼。一庭春雨，满架秋风。

你好，王淡人先生！

一九八一年八月十九日

晚饭花

晚饭花就是野茉莉。因为是在黄昏时开花,晚饭前后开得最为热闹,故又名晚饭花。

野茉莉,处处有之,极易繁衍。高二三尺,枝叶披纷,肥者可荫五六尺。花如茉莉而长大,其色多种易变。子如豆,深黑有细纹。中有瓤,白色,可作粉,故又名粉豆花。曝干作蔬,与马兰头相类。根大者如拳、黑硬,俚医以治吐血。

——吴其濬:《植物名实图考》

珠子灯

这里的风俗，有钱人家的小姐出嫁的第二年，娘家要送灯。送灯的用意是祈求多子。元宵节前几天，街上常常可以看到送灯的队伍。几个女用人，穿了干净的衣服，头梳得光光的，戴着双喜字大红绒花，一人手里提着一盏灯；前面有几个吹鼓手吹着细乐。远远听到送灯的箫笛，很多人家的门就开了。姑娘、媳妇走出来，倚门而看，且指指点点，悄悄评论。这也是一年的元宵节景。

一堂灯一般是六盏。四盏较小，大都是染成红色或白色而画了红花的羊角琉璃泡子。一盏是麒麟送子：一个染色的琉璃角片扎成的娃娃骑在一匹麒麟上。还有一盏是珠子灯：绿色的琉璃珠子穿扎成的很大的宫灯。灯体是八扇玻璃，漆着红色的各体寿字，其余部分都是珠子，顶盖上伸出八个珠子的凤头，凤嘴里衔着珠子的小幡，下缀珠子的流苏。

这盏灯分量相当的重,送来的时候,得两个人用一根小扁担抬着。这是一盏主灯,挂在房间的正中。旁边是麒麟送子,琉璃泡子挂在四角。

到了"灯节"的晚上,这些灯里就插了红蜡烛,点亮了。从十三"上灯"到十八"落灯",接连点几个晚上。平常这些灯是不点的。

屋里点了灯,气氛就很不一样了。这些灯都不怎么亮(点灯的目的原不是为了照明),但很柔和。尤其是那盏珠子灯,洒下一片淡绿的光。绿光中珠幡的影子轻轻地摇曳,如梦如水,显得异常安静。元宵的灯光扩散着吉祥、幸福和朦胧暧昧的希望。

孙家的大小姐孙淑芸嫁给了王家的二少爷王常生。她屋里就挂了这样六盏灯。不过这六盏灯只点过一次。

王常生在南京读书,秘密地加入了革命党,思想很新。订婚以后,他请媒人捎话过去:请孙小姐把脚放了。孙小姐的脚当真放了,放得很好,看起来就不像裹过的。

孙小姐是一个才女。孙家对女儿的教育很特

别，教女儿读诗词。除了《长恨歌》《琵琶行》，孙小姐能背全本《西厢记》。嫁过来以后，她也看王常生带回来的黄遵宪的《日本国志》和林译小说《迦茵小传》《茶花女遗事》……两口子琴瑟和谐，感情很好。

不料王常生在南京得了重病，抬回来不到半个月，就死了。

王常生临死对夫人留下遗言："不要守节"。

但是说了也无用。孙王二家都是书香门第，从无再婚之女。改嫁，这种念头就不曾在孙小姐的思想里出现过。这是绝不可能的事。

从此，孙小姐就一个人过日子。这六盏灯也再没有点过了。

她变得有点古怪了，她屋里的东西都不许人动。王常生活着的时候是什么样子，永远是什么样子，不许挪动一点。王常生用过的手表、座钟、文具，还有他养的一盆雨花石，都放在原来的位置。孙小姐原是个爱洁成癖的人，屋里的桌子椅子、茶壶茶杯，每天都要用清水洗三遍。自从王常生死后，除了过年之前，她亲自监督着一个从娘家陪嫁过来的女用人大洗一天之外，平常不许擦拭。里屋炕几上有一套茶具：一个白瓷的茶盘，一把茶壶，四个茶杯。茶杯倒扣着，上面落了细细的尘土。茶壶是荸荠形的扁圆的，茶壶的鼓肚子下面落不着尘土，茶盘里就清清楚楚留下一个干净的圆印子。

她病了，说不清是什么病。除了逢年过节起来几天，其余的时间都在床上躺着，整天地躺着。除了那个女用人，没有人上她屋里去。

她就这么躺着，也不看书，也很少说话，屋里一点声音没有。她躺着，听着天上的风筝响，斑鸠在远远的树上叫着双声，"鹁鸪鸪——咕，鹁鸪鸪——咕"，听着麻雀在檐前打闹，听着一个大蜻蜓振动着透明的翅膀，听着老鼠咬啮着木器，还不时听到一串滴滴答答的声音，那是珠子灯的某一处流苏散了线，珠子落在地上了。

女用人在扫地时，常常扫到一二十颗散碎的珠子。

她这样躺了十年。

她死了。

她的房门锁了起来。

从锁着的房间里,时常还听见散线的玻璃珠子滴滴答答落在地板上的声音。

晚饭花

李小龙的家住李家巷。

这是一条南北向的巷子,相当宽,可以并排走两辆黄包车。但是不长,巷子里只有几户人家。

西边的北口一家姓陈。这家好像特别地潮湿,门口总飘出一股湿布的气味,人的身上也带着这种气味。他家有好几棵大石榴,比房檐还高,开花的时候,一院子都是红通通的。结的石榴很大,垂在树枝上,一直到过年下雪时才剪下来。

陈家往南,直到巷子的南口,都是李家的房子。

东边,靠北是一个油坊的堆栈,粉白的照壁上黑漆八个大字："双窨香油，照庄发客"。

靠南一家姓夏。这家进门就是锅灶，往里是一个不小的院子。这家特别重视过中秋。每年的中秋节，附近的孩子就上他们家去玩，去看院子里还在开着的荷花，几盆大桂花，缸里养的鱼；看他家在院子里摆好了的矮脚的方桌，放了毛豆、芋头、月饼、酒壶，准备一家赏月。

在油坊堆栈和夏家之间，是王玉英的家。

王家人很少，一共三口。王玉英的父亲在县政府当录事，每天一早便提着一个蓝布笔袋，一个铜墨盒去上班。王玉英的弟弟上小学。王玉英整天一个人在家。她老是在她家的门道里做针线。

王玉英家进门有一个狭长的门道。三面是墙：一面是油坊堆栈的墙，一面是夏家的墙，一面是她家房子的山墙。南墙尽头有一个小房门，里面才是她家的房屋。从外面是看不见她家的房屋的。这是一个长方形的天井，一年四季，照不进太阳。夏天很凉快，上面是高高的蓝天，正面的山墙脚下密密地长了一排晚饭花。王玉英就坐在这个狭长的天井里，坐在晚饭花前面做针线。

李小龙每天放学，都经过王玉英家的门外。他都看见王玉英（他看了陈家的石榴，又看了"双窨香油，照庄发客"，还会看看夏家的花木）。晚饭花开得很旺盛，它们使劲地往外开，发疯一样，喊叫着，把自己开在傍晚的空气里。浓绿的，多得不得了的绿叶子；殷红的，胭脂一样的，多得不得了的红花；非常热闹，但又很凄清。没有一点声音。在浓绿浓绿的叶子和乱乱纷纷的红花之前，坐着一个王玉英。

这是李小龙的黄昏。要是没有王玉英，黄昏就不成其为黄昏了。

李小龙很喜欢看王玉英，因为王玉英好看。王玉英长得很黑，但是两只眼睛很亮，牙很白。王玉英有一个很好看的身子。

红花、绿叶、黑黑的脸、明亮的眼睛、白的牙，这是李小龙天天看的一张画。

王玉英一边做针线，一边等着她的父亲。她已经焖好饭了，等父亲一进门就好炒菜。

王玉英已经许了人家。她的未婚夫是钱老五。大家都叫他钱老五。不叫他的名字，而叫钱老五，有轻视之意。老人们说他"不学好"。人很聪明，会画两笔画，也能刻刻图章，但做事没有长性。教两天小学，又到报馆里当两天记者。他手头并不宽裕，却打扮得像个阔少爷，穿着细毛料子的衣裳，梳着油光光的分头，还戴了一副金丝眼镜。他交了许多"三朋四友"，风流浪荡，不务正业。都传说他和一个寡妇相好，有时就住在那个寡妇家里，还花寡妇的钱。

这些事也传到了王玉英的耳朵里。连李小龙也都听说了嘛，王玉英还能不知道？不过王玉英倒不怎么难过。她有点半信半疑。而且她相信她嫁过去，他就会改好的。她看见过钱老五，她很喜欢他的人才。

钱老五不跟他的哥哥住，他有一所小房，在臭河边。他成天不在家，门老是锁着。

李小龙知道钱老五在哪里住。他放学每天经过。他有时扒在门缝上往里看：里面有三间房，一个小院子，有几棵树。

王玉英也知道钱老五的住处。她路过时，看看两边没有人，也曾经扒在门缝上往里看过。

有一天，一顶花轿把王玉英抬走了。

从此，这条巷子里就看不见王玉英了。

晚饭花还在开着。

李小龙放学回家，路过臭河边，看见王玉英在钱老五家门前的河边淘米。只看见一个背影。她头上戴着红花。

李小龙觉得王玉英不该出嫁，不该嫁给钱老五。他很气愤。

这世界上再也没有原来的王玉英了。

三姊妹出嫁

秦老吉是个挑担子卖馄饨的。他的馄饨担子是全城独一份，他的馄饨也是全城独一份。

这副担子非常特别。一头是一个木柜，上面有七八个扁扁的抽屉；一头是安放在木柜里的烧松柴的小缸灶，上面支一口紫铜浅锅。铜锅分两格，一格是骨头汤，一格是下馄饨的清水。扁担不是套在两头的柜子上，而是打的时候就安在柜子上，和两个柜子成一体。扁担不是直的，是弯的，像一个罗锅桥。这副担子是楠木的，雕着花，细巧玲珑，很好看。这好像是《东京梦华录》时期的东西，李嵩笔下画出来的玩意儿。秦老吉老远地来了，他挑的不像是馄饨担子，倒好像挑着一件什么文物。这副担子不知道传了多少代了，因为材料结实，做工精细，到现在还很完好。

别人卖的馄饨只有一种，葱花水打猪肉馅。他的馄饨除了猪肉馅的，还有鸡肉馅、螃蟹馅的，最讲究的是荠菜冬笋肉末馅的，——这种肉馅不是用刀刃而是用刀背剁的！作料也特别齐全，除了酱油、醋，还有花椒油、辣椒油、虾皮、紫菜、葱末、蒜泥、韭菜、芹菜和本地人一般不吃的芫荽。馄饨分别放在几个抽屉里，作料敞放在外面，任凭顾客各按口味调配。

他的器皿用具也特别清洁——他有一个拌馅用的深口大盘，是雍正青花！

笃——笃笃，秦老吉敲着竹梆，走来了。找一个柳荫，把担子歇下，竹梆敲出一串花点，立刻就围满了人。

秦老吉就用这副担子，把三个女儿养大了。

秦老吉的老婆死得早，给他留下三个女儿。大凤、二凤和小凤。三个女儿，一个比一个小一岁，梯子磴似的。三个丫头一个模样，像一个模子脱出来的。三个姑娘，像三张画。有人跟秦老吉说："应该叫你老婆再生一个的，好凑成一套四扇屏儿！"

姊妹三个，从小没娘，彼此提挈，感情很好。一家人都很勤快。一进门，清清爽爽，干净得像明矾澄过的清水。谁家娶了邋遢婆娘，丈夫气急了，就说："你到秦老吉家看看去！"三姊妹各有所长，分工负责。大裁小剪，单夹皮棉——秦老吉冬天穿一件山羊皮的背心，是大姐的；锅前灶后，热水烧汤，是二姐的；小妹妹小，又娇，两个姐姐惯着她，不叫她做重活，她就成天地挑花绣朵。她把两个姐姐绣得全身都是花。围裙上、鞋尖上、手帕上、包头布上，都是花。这些花里有一样必不可少的东西，是凤。

姊妹三个都大了。一个十八，一个十七，一个十六。该嫁了。这三只凤要飞到哪棵梧桐树上去呢？

三姊妹都有了人家了。大姐许了一个皮匠，二姐许了一个剃头的，小妹许的是一个卖糖的。

皮匠的脸上有几颗麻子，一街人都叫他麻皮匠。他在东街的"乾陞和"茶食店廊檐下摆一副皮匠担子。"乾陞和"的门面很宽大，除了一个柜台，两边竖着的两块碎白石底子堆刻黑漆大字的木牌——一块写着"应时糕点"，一块写着"满汉饽饽"。这之外，没有什么东西，放一副皮匠担子一点不碍事。麻皮匠每天一早，"乾陞和"才开了门，就拿起一把长柄的笤帚把店堂打扫干净，然后就在"满汉饽饽"下面支起担子，开始绱鞋。他是个手脚很快的人。走起路来腿快，绱起鞋来手快。只见他把锥子在头发里"光"两下，一锥子扎过鞋帮鞋底，两根用猪鬃引着的蜡线对穿过去，噌——噌，两把就绱了一针。流利合拍，均匀紧凑。他绱鞋的时候，常有人歪着头看。绱鞋，本来没有看头，但是麻皮匠绱鞋就能吸引人。大概什么事做得很精熟，就很美了。因为手快，麻皮匠一天能比别的皮匠多绱好几双鞋。不但快，绱得也好。针脚细密，楦得也到家，穿在脚上，不易走样。因此，他生意很好。也因此，落下"麻皮匠"这样一个称号。人家做好了鞋，叫用人或孩子送去绱，总要叮嘱一句："送到麻皮匠那里去。"这街上还有几个别的皮匠。怕送错了。他脸上的那几颗麻子就成了他的标志。他姓什么呢？好像是姓马。

二姑娘的婆家姓时。老公公名叫时福海。他开了一爿剃头店，字号也就是"时福海记"。剃头的本属于"下九流"，他的店铺每年贴的春联却是："头等事业，顶上生涯"。自从满清推翻，建立民国，人们剪了辫子，他的店铺主要是剃光头，以"水热刀快"来号召。时福海像所有的老剃头待诏一样，还擅长向阳取耳（掏耳朵），捶背拿筋。剃完头，用两只拳头给顾客哔哔剥剥地捶背（捶出各种节奏和清浊阴阳的脆响），噔噔地揪肩胛后的"懒筋"——捶、揪之后，真是"浑身通泰"。他还专会治"落枕"。睡落了枕，歪着脖子走进去，时福海把你的脑袋搁在他舁起的大腿上，两手扶着下颚，轻试两下，"咔叭"——就扳正了！老年间，剃头匠是半个跌打医生。

这地方不知怎么会有这么一个传统，剃头的多半也是吹鼓手（不是所有的剃头匠都是吹鼓手，也不是所有的吹鼓手都是剃头匠）。时福海就也是一个吹鼓手。他吹唢呐，两腮鼓起两个圆圆的鼓包，憋得满脸通红。他还会"进曲"。好像一城的吹鼓手里只有他会，或只有他擅长于这个玩艺儿。人家办丧事，"六七"开吊，在"初献"、"亚献"之后，有"进曲"这个项目。赞礼的礼生喝道"进——曲！"时福海就拿了一面荸荠鼓，由两个鼓手双笛伴奏，唱一段曲子。曲词比昆曲还要古，内容是"神仙道化"，感叹人生无常，有《薤露》、《蒿里》

晚饭花　081

遗意，很可能是元代的散曲。时福海自己也不知道唱的是什么，但还是唱得感慨唏嘘，自己心里都酸溜溜的。

时代变迁，时福海的这一套有点吃不开了。剃光头的人少了，"水热刀快"不那么有号召力了。卫生部门天天宣传挖鼻孔、挖耳朵不卫生。懂得享受捶背揪懒筋的乐趣的人也不多了，时福海忽然变成一个举动迟钝的老头。

时福海有两个儿子。下等人不避父讳，大儿子叫大福子，小儿子叫小福子。

大福子很能赶潮流。他把逐渐暗淡下去的"时福海记"重新装修了一下，门窗柱壁，油漆一新，全都是奶油色，添了三面四尺高、二尺宽的大玻璃镜子。三面大镜之间挂了两个狭长的镜框，里面嵌了瓷青砑银的蜡笺对联，请一个擅长书法的医生汪厚基浓墨写了一副对子：

不教白发催人老
更喜春风满面生

他还置办了"夜巴黎"的香水,"司丹康"的发蜡。顶棚上安了一面白布制成的"风扇",有滑车牵引,叫小福子坐着,一下一下地拉"风扇"的绳子,使理发的人觉得"清风徐来",十分爽快。这样,"时福海记"就又兴旺起来了。

大福子也学了吹鼓手。笙箫管笛,无不精通。

这地方不知怎么会流传"倒扳桨"、"跌断桥"、"剪靛花"之类的《霓裳续谱》、《白雪遗音》时期的小曲。平常人不唱,唱的多是理发的、搓澡的、修脚的、裁缝、做豆腐的年轻子弟。他们晚上常常聚在"时福海记"唱,大福子弹琵琶。"时福海记"外面站了好些人在听。

二凤要嫁的就是大福子。

三姑娘许的这家苦一点,姓吴,小人叫吴颐福,是个遗腹子。家里只有两个人,一个老母亲,是个跛脚,走起路来一跷一跷的。母子二人,相依为命。妈妈很慈祥,儿子很孝顺。吴颐福是个很聪明的人,十五岁上就开始卖糖,卖糖和卖糖可不一样。他卖的不是普通的芝麻糖、花生糖,他卖的是

"样糖"。他跟一个师叔学会了一宗手艺：能把白糖化了，倒在模子里，做成大小不等的福禄寿三星、财神爷、麒麟送子。高的二尺，矮的五寸，衣纹生动，须眉清楚；还能把糖里加了色，不用模子，随手吹出各种瓜果，桃、梨、苹果、佛手，跟真的一样，最好看的是南瓜：金黄的瓜，碧绿的蒂子，还开着一朵淡黄的瓜花。这种糖，人家买去，都是当摆设，不吃。——吃起来有什么意思呢，还不是都是糖的甜味！卖得最多的是糖兔子。白糖加麦芽糖熬了，切成梭子形的一块一块，两头用剪刀剪开，一头窝进腹下，是脚；一头便是耳朵，耳朵下捏下，便是兔子脸，两边嵌进两粒马料豆，一个兔子就成了！马料豆有绿豆大，一头是通红的，一头是漆黑的。这种豆药店里卖，平常配药很少用它，好像是天生就为了做糖兔的眼睛的！这种糖兔子很便宜，一般的孩子都买得起。也吃了，也玩了。

师叔死后，这门手艺成了绝活儿，全城只有吴颐福一个人会，因此，他的生意是不错的。

他做的这些艺术品都放在擦得晶亮的玻璃橱子

里，在肩上挑着。他的糖担子好像一个小型的展览会，歇在哪里，都有人看。

麻皮匠、大福子、吴颐福，都住得离秦老吉家不远。大姑娘、二姑娘、三姑娘几乎每天都能看到她们的女婿。姐儿仨有时在一起互相嘲戏。三姑娘小凤是个镧嘴子，咭咭呱呱，对大姐姐说：

"十个麻子九个俏，不是麻子没人要！"

大姐啐了她一口。

她又对二姐姐说：

"姑娘姑娘真不丑，一嫁嫁个吹鼓手。吃冷饭，喝冷酒，坐在人家大门口！"

二姐也啐了她一口。

两个姐姐容不得小凤如此放肆，就一齐反唇相讥：

"敲锣卖糖，各干各行！"

小妹妹不干了，用拳头捶两个姐姐：

"卖糖怎么啦！卖糖怎么啦！"

秦老吉正在外面拌馅儿，听见女儿打闹，就厉声训斥道：

"靠本事吃饭，比谁也不低。麻油拌芥菜，各有心中爱，谁也不许笑话谁！"

三姊妹听了，都吐了舌头。

姐儿仨同一天出门子，都是腊月二十三。一顶花轿接连送了三个人。时辰倒是错开了。头一个是小凤，日落酉时。第二个是大凤，戌时。最后才是二凤。因为大福子要吹唢呐送小姨子，又要吹唢呐送大姨子。轮到他拜堂时已是亥时。给他吹唢呐的是他的爸爸时福海。时福海吹了一气，又坐到喜堂去受礼。

三天回门。三个姑爷，三个女儿都到了。秦老吉办了一桌酒，除了鸡鸭鱼肉，他特意包了加料三鲜馅的绉纱馄饨，让姑爷尝尝他的手艺。鲜美清香，自不必说。

三个女儿的婆家，都住得不远，两三步就能回来看看父亲。炊煮扫除，浆洗缝补，一如往日。有点小灾小病，头疼脑热，三个女儿抢着来伺候，比没出门时还殷勤。秦老吉心满意足，毫无遗憾。他只是有点发愁：他一朝撒手，谁来传下他的这副馄饨担子呢?

笃——笃笃,秦老吉还是挑着担子卖馄饨。

真格的,谁来继承他的这副古典的,南宋时期的,楠木的馄饨担子呢?

       一九八一年九月十日

王四海的黄昏

北门外有一条承志河。承志河上有一道承志桥,是南北的通道,每天往来行人很多。这是座木桥,相当的宽。这桥的特别处是上面有个顶子,不方不圆而长,形状有点像一个船篷。桥两边有栏杆,栏杆下有宽可一尺的长板,就形成两排靠背椅。夏天,常有人坐在上面歇脚、吃瓜;下雨天,躲雨。人们很喜欢这座桥。

桥南是一片旷地。据说早先这里是有人家的,后来一把火烧得精光,就再也没有人来盖房子。这不知是哪一年的事了。现在只是一片平地,有一点像一个校场。这就成了放风筝、踢毽子的好地方。小学生放了学,常到这里来踢皮球。把几个书包往两边一放,这就是球门。奔跑叫喊了一气,滚得一身都是土。不知是谁喊了一声："回家吃饭啰！"于是提着书包，紧紧裤子，一窝蜂散去。

这又是各种卖艺人作场的地方。耍猴的。猴能爬旗杆，还能串戏——自己打开箱子盖，自己戴帽子，戴胡子。最好看的是猴子戴了"鬼脸"——面具，穿一件红袄，帽子上还有两根野鸡毛，骑羊。老绵羊围着场子飞跑，颈项里挂了一串铜铃，哗稜稜地响。耍木头人戏的，老是那一出：《王香打虎》。王香的父亲上山砍柴，被老虎吃了。王香赶去，把老虎打死，从老虎的肚子里把父亲拉出来。父亲活了。父子两人抱在一起——完了。王香知道父亲被老虎吃了，感情很激动。那表达的方式却颇为特别：把一个木头脑袋在"台"口的栏杆上磕碰，碰得笃笃地响，"嘴"里"呜丢丢，呜丢丢"地哭诉着。这大概是所谓"呼天抢地"吧。围看的大人和小孩也不知看了多少次《王香打虎》了（王香已经打了八百年的老虎了，——从宋朝算起），但当看到王香那样激烈地磕碰木头脑袋，还是会很有兴趣地哄笑起来。耍把戏。啃啃啃啃……啃啃哨——哨！铜锣声切住。"在家靠父母，出外靠朋友。有钱的帮个钱场子，没钱的帮着人场子。"——"小把戏！玩几套?"——"玩三套!"于是一个瘦骨伶仃的孩子，脱光了上衣（耍把戏多是冬天），两手握着一根小棍，把两臂从后面撅——撅——撅，直到有人"哗叉哗叉"——投出铜钱，这才撅过来。一到要表演"大卸八块"了，有的妇女就急忙丢下几个钱，神色紧张地掉头走了。有时，腊月送灶以后，旷场上立起两根三丈长的杉篙，当中又横搭一根，人们就知道这是来了耍"大把戏"的，大年初一，要表演"三上吊"了。所谓"三上吊"，是把一个女孩的头发（长发，原来梳着辫子），用烧酒打湿，在头顶心攥紧，系得实实的；头发挽扣，一根长绳，掏进发扣，用滑车拉上去，这女孩就吊在半空中了。下面的大人，把这女孩来回推晃，女孩子就在半空中悠动起来。除了做寒鸭凫水、童子拜观音等等动作外，还要做脱裤子、穿裤子的动作。这女孩子穿了八条裤子，在空中把七条裤子一条一条脱下，又一条一条穿上。

这女孩子悠过来，悠过去，就是她那一把头发拴在绳子上……到了有卖艺人作场，承志桥南的旷场周围就来了许多卖吃食的。卖烂藕的，卖煮荸荠的，卖牛肉高粱酒，卖回卤豆腐干，卖豆腐脑的，吆吆喝喝，异常热闹。还有卖梨膏糖的。梨膏糖是糖稀、白砂糖，加一点从药店里买来的梨膏熬制成的，有一点梨香。一块有半个火柴盒大，一分厚，一块一块在一方木板上摆列着。卖梨膏糖的总有个四脚交叉的架子，上铺木板，还装饰着一些绒球、干电池小灯泡。卖梨膏糖全凭唱。他有那么一个六角形的小手风琴。本地人不识手风琴，管那玩意叫"呜哩哇"，因为这东西只能发出这样三个声音。卖梨膏糖的把木架支好，就拉起"呜哩哇"唱起来："太阳出来一点（呐）红，秦琼卖马下山（的）东。秦琼卖了他的黄骠（的）马啊，五湖四海就访（啦）宾（的）朋！""呜哩呜哩哇，呜哩呜哩哇……"

这些玩意，年复一年，都是那一套，大家不免有点看厌了，虽则到时还会哄然大笑。会神色紧张。终于有一天，来了王四海。

有人跟卖梨膏糖的说:"嗨,卖梨膏糖的,你的嘴还真灵,你把王四海给唱来了!"

"我?"

"你不是唱'五湖四海访宾朋'吗?王四海来啦!"

"王四海?"

卖梨膏糖的不知王四海是何许人。

王四海一行人下了船,走在大街上,就引起城里人的注意。一共七个人。走在前面的是一个小小子,一个小姑娘,一个瘦小但很精神的年轻人,一个四十开外的彪形大汉。他们都是短打扮,但是衣服的式样、颜色都很时髦。他们各自背着行李,提着皮箱。皮箱上贴满了轮船、汽车和旅馆的圆形的或椭圆形的标记。虽然是走了长路,但并不显得风尘仆仆。脚步矫健,气色很好。后面是王四海。他戴了一顶兔灰色的呢帽,穿了一件酱紫色烤花呢的大衣,——虽然大衣已经旧了,可能是在哪个大城市的拍卖行里买来的。他空着手,什么也不拿。他一边走,一边时时抱拳向路旁伫看的人们致意。后面两个看来是伙计，穿着就和一般耍把戏的差不多了。他们一个挑着一对木箱；一个扛着一捆兵器，——枪尖刀刃都用布套套着，一只手里牵着一头水牛。他们走进了五湖居客找。

卖艺的住客栈，少有。——一般耍把戏卖艺的都住庙，有的就住在船上。有人议论："五湖四海，这倒真应了典了。"

这地方把住人的旅店分为两大类：房间"高尚"，设备新颖，软缎被窝，雪白毛巾，带点洋气的，叫旅馆，门外的招牌上则写作"××旅社"；较小的仍保留古老的习惯，叫客栈，甚至更古老一点，还有称之为"下处"的。客栈的格局大都是这样：两进房屋，当中有个天井，有十来个房间。砖墙、矮窗。不知什么道理，客栈的房间哪一间都见不着太阳。一进了客栈，除了觉得空气潮湿，还闻到一股长期造成的洗脸水和小便的气味。这种气味一下子就抓住了旅客，使他们觉得非常亲切。对！这就是他们住惯了的那种客栈！他们就好像到了家了。客栈房金低廉，若是长住，还可打个八折、七折。住客栈的大都是办货收账的行商、细批流年的命相家、卖字画的、看风水的、走方郎中、草台班子"重金礼聘"的名角、寻亲不遇的落魄才子……一到晚上,客栈门口就挂出一个很大的灯笼。灯笼两侧贴着扁宋体的红字,一侧写道:"招商客栈",一侧是"近悦远来"。

五湖居就是这样一个客栈。这家客栈的生意很好,为同行所艳羡。人们说,这是因为五湖居有一块活招牌,就是这家的掌柜的内眷,外号叫貂蝉。叫她貂蝉,一是因为她长得俊俏;二是因为她丈夫比她大得太多。她二十四五,丈夫已经五十大几,俨然是个董卓。这董卓的肚脐可点不得灯,他瘦得只剩下一把骨头,是个痨病胎子。除了天气好的时候,他起来坐坐,平常老是在后面一个小单间里躺着。栈里的大小事务,就都是貂蝉一个人张罗着。其实也没有多少事。客人来了,登店簿,收押金,开房门;客人走时,算房钱,退押金,收钥匙。她识字,能写会算,这些事都在行。泡茶、灌水、扫地、抹桌子、替客人跑腿买东西,这些事有一个老

店伙和一个小孩子支应,她用不着管。春夏天长,她成天坐在门边的一张旧躺椅上嗑瓜子,有时轻轻地哼着小调:

一把扇子七寸长,
一个人扇风二人凉……

或拿一面镜子,用一把小镊子对着镜子挟眉毛。觉得门前有人走过,就放下镜子看一眼,似有情,又似无意。

街上人对这个女店主颇有议论。有人说,她是可以陪宿的,还说过夜的钱和房钱一块结算,账单上写得明明白白:房金多少,陪宿几次。有人说:"别瞎说!你嘴上留德。人家也怪难为,嫁了个痨病壳子,说不定到现在还是个黄花闺女!"

这且不言,却说王四海一住进五湖居,下午就在全城的通衢要道,热闹市口贴了很多海报。打武卖艺的贴海报,这也少有。海报的全文上一行是:"历下王四海献艺";下行小字:"每日下午承志桥"。语意颇似《老残游记》白妞黑妞说书的招贴。大抵齐鲁人情古朴,文风也简练如此。

第二天,王四海拿了名片到处拜客。这在县城,也是颇为新鲜的事。商会会长、重要的钱庄、布店、染坊、药铺,他都投了片子,进去说了几句话,无非是:"初到宝地,请多关照。"

随即留下一份红帖。凭帖入场,可以免费。他的名片上印的是:

> 南北武术　力胜牯牛
> 　　大力士　**王四海**
> 　　　　　　山东济南

他到德寿堂药铺特别找管事的苏先生多谈了一会。原来王四海除了"献艺",还卖膏药。熬膏药需要膏药𬂩子,——这东西有的地方叫做"膏药粘"，状如沥青，是一切膏药之母。叙谈结果，德寿堂的管事同意八折优惠，先货后款——可以赊账。王四海当即留下十多张红帖。

至于他给女店主送去几份请帖，自不待说。

王四海献艺的头几天，真是万人空巷。

打虎亲兄弟，上阵父子兵。王四海的这个武术班子，都姓王，都是叔伯兄弟，侄儿侄女。他们走南闯北，搭过很多班社，走过很多码头。大概五省联军总司令孙传芳到过的地方，他们也都到过。他们在上海大世界、南京夫子庙、汉口民众乐园、苏州玄妙观，都表演过。他们原来在一个相当大的马戏杂技团，后来这个杂技团散了，方由王四海带着，来跑小码头。

锣鼓声紧张热烈。虎音大锣，高腔南堂鼓，听着就不一样。老远就看见铁脚高杆上飘着四面大旗，红字黑字，绣得分明："以武会友"、"南北武术"、"力胜牤牛"、"祖传膏药"。场子也和别人不一样，不是在土地上用锣槌棒画一个圆圈就算事，而是有一圈深灰色的帆布帷子。入门一次收费，中场不再零打钱。这气派就很"高尚"。

玩艺也很地道。真刀真枪，真功夫，很干净，很漂亮，很文明，——没有一点野蛮、恐怖、残忍。

彪形大汉、精干青年、小小子、小姑娘，依次表演。或单人，或对打。三节棍、九节鞭、双手带单刀破花枪、双刀进枪、九节鞭破三节棍……

掌声，叫好。

王四海在前面表演了两个节目：护手钩对单刀、花枪，单人猴拳。他这猴拳是南派。服装就很慑人。一身白。下边是白绸肥腿大裆的灯笼裤，上身是白紧身衣，腰系白铜大扣的宽皮带，脉门上戴着两个黑皮护腕，护腕上两圈雪亮的泡钉。果是身手矫捷，状如猿猴。他这猴拳是带叫唤的，当他尖声长啸时，尤显得猴气十足。到他手搭凉棚，东张西望，或缩颈曲爪搔痒时，周围就发出赞赏的笑声。——自从王四海来了后，原来在旷场上踢皮球的皮孩子就都一边走路，一边模仿他的猴头猴脑的动作，尖声长啸。

猴拳打完，彪形大汉和精干青年就卖一气膏药。一搭一档，一问一答。他们的膏药，就像上海的黄楚九大药房的"百灵机"一样，"有意想不到之效力"，什么病都治：五痨七伤、筋骨疼痛、四肢麻木、半身不遂、膨胀噎嗝、吐血流红、对口搭背、无名肿毒、梦遗盗汗、小便频数……甚至肾囊阴湿都能包好。

"那位说了，我这是臊裆——"

"对，俺的性大！"

"您要是这么说，可就把自己的病耽误了！"

"这是病？"

"这是阳弱阴虚，肾不养水！"

"这是肾亏？！"

"对了！一天两天不要紧。一月两月也不要紧。一年两年，可就坏了事了！"

"坏了啥事？"

"妨碍您生儿育女。不孝有三，无后为大。全凭一句话，提醒懵懂人。买几帖试试！"

"能见效？"

"能见效！一帖见好，两帖去病，三帖除根！三帖之后，包管您身强力壮，就跟王四海似的，能跟水牛摔跤。买两帖，买两帖。不多卖！就这二三十张膏药，卖完了请看王四海力胜牯牛，——跟水牛摔跤！"

这两位绕场走了几圈，人们因为等着看王四海和水牛摔跤，膏药也不算太贵，而且膏药黧乌黑发亮，非同寻常，疑若有效，不大一会，也就卖完了。这时一个伙计已经把水牛牵到场地当中。

王四海再次上场，换了一身装束，斗牛士不像斗牛士，摔跤手不像摔跤手。只见他上身穿了一件黑大绒的裲膊，上绣金花，下身穿了一条紫红库缎的裤子，足蹬黑羊皮软靴。上场来，双手抱拳，作了一个罗圈揖，随即走向水牛，双手扳住牛犄角，浑身使劲。牛也不瓤，它挺着犄角往前顶，差一点把王四海顶出场外。王四海双脚一跺，钉在地上，牛顶不动他了。等王四海拿出手来，拉了一个山膀，再度攥住牛角，水牛又拼命往后退，好赖不让王四海把它扳倒。王四海把牛拽到场中，运了运气。当他又一次抓到牛角时，这水牯牛猛一扬头，把王四海扔出去好远。王四海并没有摔倒在地，而是就势翻了一串小翻，身轻如燕，落地无声。

"好！"

王四海绕场一周，又运了运气。老牛也哞哞地叫了几声。

正在这牛颇为得意的时候，王四海突然从它的背后蹿到前面，手扳牛角，用尽两膀神力，大喝一声："嗨咿！"说时迟，那时快，只听见"吭腾"一声，水牛已被摔翻在地。

"好！！"

全场爆发出炸雷一样的彩声。

王四海抬起身来，向四面八方鞠躬行礼，表示感谢。他这回行的不是中国式的礼，而是颇像西班牙的斗牛士行的那种洋礼，姿势优美，风度颇似泰隆宝华，越显得飒爽英俊，一表非凡。全场男女观众纷纷起立，报以掌声。观众中的女士还不懂洋规矩，否则她们是很愿意把一把一把鲜花扔给他的。他在很多观众的心目中成了一位英雄。他们以为天下英雄第一是黄天霸，第二便是王四海。有一个挨着貂蝉坐的油嘴滑舌的角色大声说："这倒真是一位吕布！"

貂蝉白了他一眼，没有说话。

观众散场。老牛这时已经起来。一个伙计扔给它一捆干草，它就半卧着吃了起来。它知道，收拾刀枪，拆帆布帷子，总得有一会，它尽可安安静静地咀嚼。——它一天只有到了这会才能吃一顿饱饭呀。这一捆干草就是它摔了一跤得到的报酬。

不几天，王四海在离承志桥不远的北门外大街上租了两间门面，卖膏药。他下午和水牛摔跤，上午坐在膏药店里卖膏药。王四海为人很"四海"，善于应酬交际。膏药店开张前一天，他把附近较大店铺的管事的都请到五柳园吃了一次早茶，请大家捧场。果然到开张那天，王四海的铺子里就挂满了同街店铺送来的大红蜡笺对子、大红洋绉的幛子。对子大部分都写的是："生意兴隆通四海，财源茂盛达三江。"幛子上的金字则是"名扬四海"、"四海名扬"，一碗豆腐，豆腐一碗。红通通的一片，映着兵器架上明晃晃的刀枪剑戟，显得非常火炽热闹。王四海有一架 RCA 老式留声机，就搬到门口唱起来。不过他只有三张唱片，一张《毛毛雨》、一张《枪毙阎瑞生》、一张《洋人大笑》，只能翻来覆去地调换。一群男女洋人在北门外大街笑了一天，笑得前仰后合，上气不接下气。

承志河涨了春水，柳条儿绿了，不知不觉，王四海来了快两个月了。花无百日红，王四海卖艺的高潮已经过去了。看客逐渐减少。城里有不少人看"力胜水牛"已经看了七八次，乡下人进城则看了一次就不想再看了，——他们可怜那条牛。

这天晚上，老大（彪形大汉）、老六（精干青年）找老四（王四海）说"事"。他们劝老四见好就收。他们走了那么多码头，都是十天半拉月，顶多一个"号头"（一个月，这是上海话）像这样连演四十多场（刨去下雨下雪），还没有过。葱烧海参，也不能天天吃。就是海京伯来了，也不能连满仨月。要是"瞎"在这儿，败了名声，下个码头都不好走。

王四海不说话。

他们知道四海为什么留恋这个屁帘子大的小城市，就干脆把话挑明了。

"俺们走江湖卖艺的，最怕在娘们身上栽了跟头。寻欢作乐，露水夫妻，那不碍。过去，哥没问过你。你三十往外了，还没成家，不能老叫花猫吃豆腐。可是这种事，认不得真，着不得迷。你这回，是认了真，着了迷了！你打算怎么着？难道真要在这儿当个吕布？你正是好时候，功夫、卖相，都在那儿摆着。有多少白花花的大洋钱等着你去挣。你可别把一片锦绣前程自己白白地葬送了！俺们老王家，可就指望着你啦！"

"好事不出门，坏事传千里，没有不透风的墙。你听到这儿人的闲言碎语么？别看这小地方的人，不是好欺的。墙里开花墙外香，他们不服这口气。要是叫人家堵住了，敲一笔竹杠是小事；绳捆索绑，押送出境，可就现了大眼了。一世英名，付之流水。四哥，听兄弟一句话，走吧！"王四海还是不说话。"你说话，说一句话呀！"

王四海说："再续半个月，再说。"

老大、老六摇头。

王四海的武术班真是走了下坡路了，一天不如一天。老大、老六、侄儿、侄女都不卖力气。就是两个伙计敲打的锣鼓，也是没精打采的。王四海怪不得他们，只有自己格外"卯上"。山膀拉得更足，小翻多翻了三个，"嗨咿"一声也喊得更为威武。就是这样，也还是没有多少人叫好。

这一天，王四海和老牛摔了几个回合，到最后由牛的身后蹿出，扳住牛角，大喝一声，牛竟没有倒。

观众议论起来。有人说王四海的力气不行了，有人说他的力气已经用在别处了。这两人就对了对眼光，哈哈一笑。有人说："不然，这是故意卖关子。王四海今天准有更精彩的表演。——瞧！"

王四海有点沉不住气，寻思：这牛今天是怎么了？一面又绕场一周，运气，准备再摔。不料，在他绕场、运气的时候，还没有接近老牛，离牛还有八丈远，这牛"吭腾"一声，自己倒了！

观众哗然，他们大笑起来。他们明白了："力胜牯牛"原来是假的。这牛是驯好了的。每回它都是自己倒下，王四海不过是在那里装腔作势做做样子。这回不知怎么出了岔子，露了馅了。也许是这牛犯了牛脾气，再不就是它老了，反应迟钝了……大家一哄而散。

王家班开了一个全体会议，连侄儿、侄女都参加一致决议：走！明天就走！

王四海说，他不走。

"还不走?！你真是害了花疯啦！那好，将军不下马，各自奔前程。你不走，俺们走，可别怪自己弟兄不义气！栽到这份上，还有脸再在这城里呆下去吗？"

王四海觉得对不起叔伯兄弟，他什么也不要，只留下一对护手钩，其余的，什么都叫他们带走。他们走了，连那条老牛也牵走了。王四海把他们送到码头上。

老大说："四兄弟，我们这就分手了。到了那儿，给你来信。你要是还想回来，啥时候都行。"

王四海点点头。

老六说:"四哥,多保重——小心着点!"

王四海点点头。

侄儿侄女给王四海行了礼,说:"四叔,俺们走了!"说着,这两个孩子的眼泪就下来了。王四海的心里也是酸酸的。

王四海一个人留下来,卖膏药。

他到德寿堂找了管事苏先生。苏先生以为他又要来赊膏药黐子,问他这回要多少。王四海说:"苏先生,我来求您一件事。"

"什么事?"

"能不能给我几个膏药的方子?"

"膏药方子?你以前卖的膏药都放了什么药?"

"什么也没有,就是您这儿的膏药黐子。"

"那怎么摊出来乌黑雪亮的?"

"掺了点松香。"

"那你还卖那种膏药不行吗?"

"苏先生!要是过路卖艺,日子短,卖点假膏药,不要紧。这治不了病,可也送不了命。等买的主发现膏药不灵,我已经走了,他也找不到我。我想在贵宝地长住下去,不能老这么骗人。往后我就指着这吃饭,得卖点真东西。"

苏先生觉得这是几句有良心的话,说得也很恳切;德寿堂是个大药店,不靠卖膏药赚钱,就答应了。

苏先生还把王四海的这番话传了出去,大家都知道王四海如今卖的是真膏药。大家还议论,这个走江湖的人品不错。王四海膏药店的生意颇为不恶。

不久,五湖居害痨病的掌柜死了,王四海就和貂蝉名正言顺地在一起过了。

他不愿人议论他是贪图五湖居的产业而要了貂蝉的,五湖居的店务他一概不问。他还是开他的膏药店。

光阴荏苒,眨眼的工夫,几年过去了。貂蝉生了个白胖小子,已经满地里跑了。

王四海穿起了长衫,戴了罗宋帽,看起来和一般生意人差不多,除了他走路抓地(练武的人走路都是这个走法,脚趾头抓着地),已经不像个打把势卖艺的了。他的语声也变了。腔调还是山东腔,所用的字眼很多却是地道的本地话。头顶有点秃,而且发胖了。

他还保留一点练过武艺人的习惯,每天清早黄昏要出去遛遛弯,在承志桥上坐坐,看看来往行人。

这天他收到老大、老六的信,看完了,放在信插子里,依旧去遛弯。他坐在承志桥的靠背椅上,听见远处有什么地方在吹奏"得胜令",他忽然想起大世界、民众乐园,想起霓虹灯、马戏团的音乐。他好像有点惆怅。他很想把那对护手钩取来耍一会。不大一会,连这点意兴也消失了。

王四海站起来,沿着承志河,漫无目的地走着。夕阳把他的影子拉得很长。

一九八二年二月

尾 巴

人事顾问老黄是个很有意思的人。工厂里本来没有"人事顾问"这种奇怪的职务,只是因为他曾经做过多年人事工作,肚子里有一部活档案;近二年岁数大了,身体也不太好,时常闹一点腰酸腿疼,血压偏高,就自己要求当了顾问,所顾的也还多半是人事方面的问题,因此大家叫他人事顾问。这本是个外号,但是听起来倒像是个正式职称似的。有关人事工作的会议,只要他能来,他是都来的。来了,有时也发言,有时不发言。他的发言有人爱听,有人不爱听。他看的杂书很多,爱讲故事。在很严肃的会上有时也讲故事。下面就是他讲的故事之一。

厂里准备把一个姓林的工程师提升为总工程

师，领导层意见不一，有赞成的，有反对的，已经开了多次会，定不下来。赞成的意见不必说了，反对的意见，归纳起来，有以下几条：

一、他家庭出身不好，是资本家；

二、社会关系复杂，有海外关系，有个堂兄还在台湾；

三、反右时有右派言论；

四、群众关系不太好，说话有时很尖刻……

其中反对最力的是一个姓董的人事科长，此人爱激动，他又说不出什么理由，只是每次都是满脸通红地说："知识分子！哼！知识分子！"翻来覆去，只是这一句话。

人事顾问听了几次会，没有表态。党委书记说："老黄，你也说两句！"老黄慢条斯理地说：

"我讲一个故事吧——

"从前，有一个人，叫做艾子。艾子有一回坐船，船停在江边。半夜里，艾子听见江底下一片哭声。仔细一听，是一群水族在哭。艾子问：'你们哭什么？'水族们说：'龙王有令，水族中凡是有尾巴的都要杀掉，我们都是有尾巴的，所以在这里哭。'艾子听了深表同情。艾子看看，有一只蛤蟆也在哭，艾子很奇怪，问这蛤蟆：'你哭什么呢？你又没有尾巴！'蛤蟆说：'我怕龙王要追查起我当蝌蚪时候的事儿呀！'"

昙花、鹤和鬼火

邻居夏老人送给李小龙一盆昙花。昙花在这一带是很少见的。夏老人很会养花，什么花都有。李小龙很小就听说过"昙花一现"。夏老人指给他看：这就是昙花。李小龙欢欢喜喜地把花抱回来了。他的心欢喜得咚咚地跳。

李小龙给它浇水，松土。白天搬到屋外。晚上搬进屋里，放在床前的高茶几上。早上睁开眼第一件事便是看看他的昙花。放学回来，连书包都不放，先去看看昙花。

昙花长得很好，长出了好几片新叶，嫩绿嫩绿的。李小龙盼着昙花开。昙花茁了骨朵儿了！李小龙上课不安心，他总是怕昙花在他不在身边的时候开了。

他听说昙花开，无定时，说开就开了。

晚上，他睡得很晚，守着昙花。他听说昙花常常是夜晚开。昙花就要开了。昙花还没有开。

一天夜里，李小龙在梦里闻到一股醉人的香味。他忽然惊醒了：昙花开了！

李小龙一轱辘坐了起来，划根火柴，点亮了煤油灯：昙花真的开了！

李小龙好像在做梦。

昙花真美呀！雪白雪白的。白得像玉，像通草，像天上的云。花心淡黄，淡得像没有颜色，淡得真雅。她像一个睡醒的美人，正在舒展着她的肢体，一面吹出醉人的香气。啊呀，真香呀！香死了！

李小龙两手托着下巴，目不转睛地看着昙花。看了很久，很久。

他困了。他想就这样看它一夜，但是他困了。吹熄了灯，他睡了。一睡就睡着了。

睡着之后，他做了一个梦，梦见昙花开了。

于是李小龙有了两盆昙花。一盆在他的床前，一盆在他的梦里。

李小龙已经是中学生了。过了一个暑假,上初二了。

初中在东门里,原是一个道士观,叫赞化宫。李小龙的家在北门外东街。从李小龙家到中学可以走两条路。一条进北门走城里,一条走城外。李小龙上学的时候都是走城外,因为近得多。放学有时走城外,有时走城里。走城里是为了看热闹或是买纸笔,买糖果零食吃。

从李小龙家的巷子出来,是越塘。越塘边经常停着一些粪船。那是乡下人上城来买粪的。李小龙小时候刚学会摺纸手工时,常摺的便是"粪船"。其实这只纸船是空的,装什么都可以。小孩子因为常常看见这样的船装粪,就名之曰粪船了。

从越塘的坡岸走上来,右手有几家种菜的。左边便是菜地。李小龙看见种菜的种青菜,种萝卜。看他们浇粪,浇水。种菜的用一个长把的水舀子舀满了水,手臂一挥舞,水就像扇面一样均匀地洒开了。青菜一天一个样，一天一天长高了，全都直直地立着，都很精神，很水灵。萝卜原来像菜，后来露出红红的"背儿"，就像萝卜了。他看见扁豆开花，扁豆结角了。看见芝麻。芝麻可不好看，直不老挺，四方四棱的秆子，结了好些带小毛刺的蒴果。蒴果里就是芝麻粒了。"你就是芝麻呀！"李小龙过去没有见过芝麻。他觉得芝麻能榨油，给人吃，这非常神奇。

过了菜地，有一条不很宽的石头路。铺路的石头不整齐，大大小小，而且都是光滑的，圆乎乎的，不好走。人不好走，牛更不好走。李小龙常常看见一头牛的一只前腿或后腿的蹄子在圆石头上"霍——哒"一声滑了一下，——然而他没有看见牛滑得摔倒过。牛好像特别爱在这条路上拉屎。路上随时可以看见几堆牛屎。

石头路两侧各有两座牌坊，都是青石的。大小、模样都差不多。李小龙知道，这是贞节牌坊。谁也不知道这是谁家的，是为哪一个守节的寡妇立的。那么，这不是白立了么？牌坊上有很多麻雀做窠。麻雀一天到晚叽叽喳喳地叫，好像是牌坊自己叽叽喳喳叫着似的。牌坊当然不会叫，石头是没有声音的。

石头路的东边是农田，西边是一片很大的苇荡子。苇荡子的尽头是一片乌蒙蒙的杂树林子。林子后面是善因寺。从石头路往善因寺有一条小路，很少人走。李小龙有一次一个人走了一截，觉得怪瘆得慌。

春天，苇荡子里有很多蝌蚪，忙忙碌碌地甩着小尾巴。很快，就变成了小蛤蟆。小蛤蟆每天早上横过石头路乱蹦。你们干吗乱蹦，不好老实呆着吗？小蛤蟆很快就成了大蛤蟆，咕呱乱叫！

走完石头路，是傅公桥。从东门流过来的护城河往北，从北城流过来的护城河往东，在这里汇合，流入澄子河。傅公桥正跨在汇流的河上。这是一座洋松木桥。两根桥梁，上面横铺着立着的洋松木的扁方子，用巨大的铁螺丝固定在桥梁上。洋松扁方并不密接，每两方之间留着和扁方宽度相等的空隙。从桥上过，可以看见水从下面流。有时一团青草，一片破芦席片顺水漂过来，也看得见它们从桥下悠悠地漂过去。

李小龙从初一读到初二了，来来回回从桥上过，他已经过了多少次了？

为什么叫做傅公桥？傅公是谁？谁也不知道。过了傅公桥，是一条很宽很平的大路，当地人把它叫做"马路"。走在这样很宽很平的大路上，是很痛快的，很舒服的。

马路东，是一大片农田。这是"学田"。这片田因为可以直接从护城河引水灌溉，所以庄稼长得特别的好，每年的收成都是别处的田地比不了的。

李小龙看见过割稻子。看见过种麦子。春天，他爱下了马路，从麦子地里走，一直走到东门口。麦子还没有"起身"的时候，是不怕踩的，越踩越旺。麦子一天一天长高了。他掰下几粒青麦子，搓去外皮，放进嘴里嚼。他一辈子记得青麦子的清香甘美的味道。他看见过割麦子。看见过插秧。插秧是个大喜的日子，好比是娶媳妇，聘闺女。插秧的人总是精精神神的，脾气也特别温和。又忙碌，又从容，凡事有条有理。他们的眼睛里流动着对于粮食和土地的脉脉的深情。一天又一天，哈，稻子长得齐李小龙的腰了。不论是麦子，是稻子，挨着马路的地边的一排长得特别好。总有几丛长得又高又壮，比周围的稻麦高出好些。李小龙想，这大概是由于过路的行人曾经对着它撒过尿。小风吹着丰盛的庄稼的绿叶，沙沙地响，像一首遥远的、温柔的歌。李小龙在歌里轻快地走着……

李小龙有时挨着庄稼地走，有时挨着河沿走。河对岸是一带黑黑的城墙，城墙垛子一个、一个、一个，整齐地排列着。城墙外面，有一溜荒地，长了好些狗尾巴草、扎蓬、苍耳和风播下来的旅生的芦秫。草丛里一定有很多蝈蝈，蝈蝈把它们的吵闹声音都送到河这边来了。下面，是护城河。随着上游水闸的启闭，河水有时大，有时小；有时急，有时慢。水急的时候，挨着岸边的水会倒流回去，李小龙觉得很奇怪。过路的大人告诉他：这叫"回溜"。水是从运河里流下来的，是浑水，颜色黄黄的。黑黑的城墙，碧绿的田地，白白的马路，黄黄的河水。

去年冬天，有一天，下大雪，李小龙一大早上学去，他发现河水是红颜色的！很红很红，红得像玫瑰花。李小龙想：也许是雪把河变红了。雪那样厚，雪把什么都盖成一片白，于是衬得河水是红的了。也许是河水自己这一天发红了。他捉摸不透。但是他千真万确看见了一条红水河。雪地上还没有人走过，李小龙独自一人，踏着积雪，他的脚踩得积雪咯吱咯吱地响。雪白雪白的原野上流着一条玫瑰红色的河，那样单纯，那样鲜明而奇特，这种景色，李小龙从来没有看见过，以后也没有看见过。

有一天早晨，李小龙看到一只鹤。秋天了，庄稼都收割了，扁豆和芝麻都拔了秧，树叶落了，芦苇都黄了，芦花雪白，人的眼界空阔了。空气非常凉爽。天空淡蓝淡蓝的，淡得像水。李小龙一抬头，看见天上飞着一只东西。鹤！他立刻知道，这是一只鹤。李小龙没有见过真的鹤，他只在画里见过，他自己还画过。不过，这的的确确是一只鹤。真奇怪，怎么会有一只鹤呢？这一带从来没有人家养过一只鹤，更不用说是野鹤了。然而这真是一只鹤呀！鹤沿着北边城墙的上空往东飞去。飞得很高，很慢，雪白的身子，雪白的翅膀，两只长腿伸在后面。李小龙看得很清楚，清楚极了！李小龙看得呆了。鹤是那样美，又教人觉得很凄凉。鹤慢慢地飞着，飞过傅公桥的上空，渐渐地飞远了。李小龙痴立在桥上。

李小龙多少年还忘不了那天的印象，忘不了那种难遇的凄凉的美，那只神秘的孤鹤。

李小龙后来长大了，到了很多地方，看到过很多鹤。

不，这都不是李小龙的那只鹤。

世界上的诗人们，你们能找到李小龙的鹤么？

李小龙放学回家晚了。教图画手工的张先生给了他一个任务，让他刻一副竹子的对联。对联不大，只有三尺高。选一段好毛竹，一剖为二，刳去竹节，用砂纸和竹节草打磨光滑了，这就是一副对子。联文是很平常的：

惜花春起早

爱月夜眠迟

字是请善因寺的和尚石桥写的,写的是石鼓。因为李小龙上初一的时候就在家跟父亲学刻图章,已经刻了一年,张先生知道他懂得一点篆书的笔意,才把这副对子交给他刻。刻起来并不费事,把字的笔画的边廓刻深,再用刀把边线之间的竹皮铲平,见到"二青"就行了。不过竹皮很滑,竹面又是圆的,需要手劲。张先生怕他带来带去,把竹皮上墨书的字蹭模糊了,教他就在他的画室里刻。张先生的画室在一个小楼上。小楼在学校东北角,是赞化宫的遗物,原来大概是供吕洞宾的,很旧了。楼的三面都是紫竹,——紫竹城里别处极少见,学生习惯就把这座楼叫成"紫竹楼"。李小龙每天下课后,上楼来刻一个字,刻完回家。已经刻了一个多星期了。这天就剩下"眠迟"两个字了,心想一气刻完了得了,明天好填上石绿挂起来看看,就贪刻了一会。偏偏石鼓文体的"迟"字笔画又多,时间不知不觉就过去了。刻完了"迟"字的"走之",揉揉眼睛,一看:呀,天都黑了!而且听到隐隐的雷声——要下雨了:赶紧走。他背起书包直奔东门。

出了东门，听到东门外铁板桥下轰鸣震耳的水声，他有点犹豫了。

东门外是刑场（后来李小龙到过很多地方，发现别处的刑场都在西门外。按中国的传统观念，西方主杀，不知道本县的刑场为什么在东门外）。对着东门不远，有一片空地，空地上现在还有一些浅浅的圆坑，据说当初杀人就是让犯人跪在坑里，由背后向第三个颈椎的接缝处切一刀。现在不兴杀头了，枪毙犯人——当地人叫做"铳人"，还是在这里。李小龙的同学有时上着课，听到街上拉长音的凄惨的号声，就知道要铳人了。他们下了课赶去看，有时能看到尸首，有时看到地下一摊血。东门桥是全县唯一的一座铁板桥。桥下有闸。桥南桥北水位落差很大，河水倾跌下来，声音很吓人。当地人把这座桥叫做掉魂桥，说是临刑的犯人到了桥上，听到水声，魂就掉了。

有关于这里的很多鬼故事。流传得最广的是一个：有一个人赶夜路，远远看见一个瓜棚，点着一盏灯。他走过去，想借个火吸一袋烟。里面坐着几个人。他招呼一下，就掏出烟袋来凑在灯火上吸烟，不想怎么吸也吸不着。他很纳闷，用手摸摸灯火，火是凉的！坐着的几个人哈哈大笑。笑完了，一齐用手把脑袋搬了下来。行路人吓得赶紧飞奔。奔了一气，又碰得几个人在星光下坐着聊天，他走近去，说刚才他碰见的事，怎么怎么，他们把头就搬下来了。这几个聊天的人说："这有什么稀奇，我们都能这样！"……李小龙犹豫了一下，还是走上铁板桥了。他的脚步踏得桥上的铁板当当地响。

天骤然黑下来了，雨云密结，天阴得很严。下了桥，他就掉在黑暗里了。什么也看不见，只能看到一条灰白的痕迹，是马路；黑糊糊的一片，是稻田。好在这条路他走得很熟，闭着眼也能走到，不会掉到河里去，走吧！他听见河水哗哗地响，流得比平常好像更急。听见稻子的新秀的穗子摆动着，稻粒摩擦着发出细碎的声音。一个什么东西窜过马路！——大概是一只獾子。什么东西落进河水了，——"卜通"！他的脚清楚地感觉到脚下的路。一个圆形的浅坑，这是一个牛蹄印子，干了。谁在这里扔了一块西瓜皮！差点摔了我一跤！天上不时扯一个闪。青色的闪，金色的闪，紫色的闪。闪电照亮一块黑云，黑云翻滚着，绞扭着，像一个暴怒的人正在憋着一腔怒火。闪电照亮一棵小柳树，张牙舞爪，像一个妖怪。

李小龙走着，在黑暗里走着，一个人。他走得很快，比平常要快得多，真是"大步流星"，踏踏踏踏地走着。他听见自己的两只裤脚擦得刷刷地响。

一半沉着，一半害怕。

不太害怕。

刚下掉魂桥，走过刑场旁边时，头皮紧了一下，有点怕，以后就好了。

他甚至觉得有点豪迈。

快要到了。前面就是傅公桥。"行百里者半九十"，今天上国文课时他刚听高先生讲过这句古文。

上了傅公桥，李小龙的脚步放慢了。

这是什么？

他从来没有看见过。

一道碧绿的光。在苇荡上。李小龙知道，这是鬼火。他听说过。

绿光飞来飞去。它们飞舞着,一道一道碧绿的抛物线。绿光飞得很慢,好像在幽幽地哭泣。忽然又飞快了,聚在一起;又散开了,好像又笑了,笑得那样轻。绿光纵横交错,织成了一面疏网;忽然又飞向高处,落下来,像一道放慢了的喷泉。绿光在集会,在交谈。你们谈什么?……

李小龙真想多停一会,这些绿光多美呀!

但是李小龙没有停下来,说实在的,他还是有点紧张的。

但是他也没有跑。他知道他要是一跑,鬼火就会追上来。他在小学上自然课时就听老师讲过,"鬼火"不过是空气里的磷,在大雨将临的时候,磷就活跃起来。见到鬼火,要沉着,不能跑,一跑,把气流带动了,鬼火就会跟着你追。你跑得越快,它追得越紧。虽然明知道这是磷,是一种物质,不是什么"鬼火",不过一群绿光追着你,还是怕人的。

李小龙用平常的速度轻轻地走着。

到了贞节牌坊跟前倒真的吓了他一跳！一条黑影，迎面向他走来。是个人！这人碰到李小龙，大概也有点紧张，跟小龙擦身而过，头也不回，匆匆地走了。这个人，那么黑的天，你跑到马上要下大雨的田野里去干什么？

到了几户种菜人家的跟前，李小龙的心才真的落了下来。种菜人家的窗缝里漏出了灯光。

李小龙一口气跑到家里。刚进门，"哇——"大雨就下下来了。

李小龙搬了一张小板凳，在灯光照不到的廊檐下，对着大雨倾注的空庭，一个人呆呆地想了半天。他要想想今天的印象。

李小龙想：我还是走回来了。我走在半道上没有想退回去，如果退回去，我就输了，输给黑暗，又输给了我自己。

李小龙回想着鬼火，他觉得鬼火很美。

李小龙看见过鬼火了，他又长大了一岁。

　　　　一九八三年九月十三日于北京蒲黄榆新居

拟故事两篇

仓老鼠和老鹰借粮

"仓老鼠和老鹰借粮,——守着的没有,飞着的倒有?"

——《红楼梦》

天长啦,夜短啦,耗子大爷起晚啦!

耗子大爷干嘛哪?耗子大爷穿套裤哪。

来了一个喜鹊,来跟仓老鼠借粮。

喜鹊和在门口玩耍的小老鼠说:

"小胖墩,回去告诉老胖墩:'有粮借两担,转过年来就归还。'"

小老鼠回去跟仓老鼠说："有人借粮。"

"什么人？"

"花喜鹊，尾巴长，娶了媳妇忘了娘。"

"哦！喜鹊。他说什么？"

"小胖墩，回去告诉老胖墩：'有粮借两担，转过年来就归还。'"

"借给他两担！"

天长啦，夜短啦，耗子大爷起晚啦。

耗子大爷干嘛哪？耗子大爷梳胡子哪。

来了个乌鸦，来跟仓老鼠借粮。

乌鸦和在门口玩耍的小老鼠说：

"小尖嘴，回去告诉老尖嘴：'有粮借两担，转过年来就归还。'"

小老鼠回去跟仓老鼠说："有人借粮。"

"什么人？"

"从南来个黑大汉，腰里别着两把扇。走一走，扇一扇，'阿弥陀佛好热的天！'"

"这是什么时候，扇扇？！"

拟故事两篇　　129

"是乌鸦。"

"他说什么?"

"小尖嘴,回去告诉老尖嘴:'有粮借两担,转过年来就归还。'"

"借给他两担!"

天长啦,夜短啦,耗子大爷起晚啦!

耗子大爷干嘛哪?耗子大爷咕嘟咕嘟抽水烟哪。

来了个老鹰,来跟仓老鼠借粮。

老鹰和在门口玩耍的小老鼠说:

"小猫菜,回去告诉老猫菜:'有粮借两担,转过年来不定归还不归还!'"

小老鼠回去跟仓老鼠说:"有人借粮。"

"什么人?"

"钩鼻子,黄眼珠,看人斜着眼,说话尖声尖气。"

"是老鹰!——他说什么?"

"他说:'小猫菜,回去告诉老猫菜——'"

"什么'小猫菜'、'老猫菜'！"

"——'有粮借两担'——"

"转过年来？"

"——'不定归还不归还！'"

"不借给他！——转来！"

"……"

"就说我没在家！"

小老鼠出去对老鹰说："我爹说他没在家！"

仓老鼠一想：这事完不了，老鹰还会来的。我得想个办法。有了！我跟它哭穷，我去跟它借粮去。

仓老鼠找到了老鹰，说：

"鹰大爷，鹰大爷！天长啦，夜短了，盆光啦，瓮浅啦。有粮借两担，转过年来两担还四担！"

老鹰一听，气不打一处来：这可真是："仓老鼠跟老鹰借粮，守着的没有，飞着的倒有！"——"好，我借给你，你来！你来！"

仓老鼠往前走了两步。

拟故事两篇　　131

老鹰一嘴就把仓老鼠叼住,一翅飞到树上,两口就把仓老鼠吞进了肚里。

老鹰问:"你还跟我借粮不?"

仓老鼠在鹰肚子里连忙回答:"不借了!不借了!不借了!"

一九八四年二月

螺蛳姑娘

有种田人,家境贫寒。上无父母,终鲜兄弟。薄田一丘,茅屋数椽。孤身一人,艰难度日。日出而作,春耕夏锄。日落回家,自任炊煮。身为男子,不善烧饭。冷灶湿柴,烟熏火燎。往往弄得满脸乌黑,如同灶王。有时怠惰,不愿举火,便以剩饭锅巴,用冷水泡泡,摘取野葱一把,辣椒五颗,稍蘸盐水,大口吞食。顷刻之间,便已果腹。虽然饭食粗粝,但是田野之中,不乏柔软和风,温暖阳光,风吹日晒,体魄健壮,精神充溢,如同牛犊马驹。竹床棉被，倒头便睡。无忧无虑，自得其乐。

忽一日，作田既毕，临溪洗脚，见溪底石上，有一螺蛳，螺体硕大，异于常螺，壳有五色，晶莹可爱，怦然心动，如有所遇。便即携归，养于水缸之中。临睡之前，敲石取火，燃点松明，时往照视。心中欢喜，如得宝贝。

次日天明，青年男子，仍往田间作务。日之夕矣，牛羊下来。余霞散绮，落日熔金。此种田人，心念螺蛳，急忙回家。到家之后，俯视水缸：螺蛳犹在，五色晶莹。方拟升火煮饭，揭开锅盖，则见饭菜都已端整。米饭半锅，青菜一碗。此种田人，腹中饥饿，不暇细问，取箸便吃。热饭热菜，甘美异常。食毕之后，心生疑念：此等饭菜，何人所做？或是邻居媪婶，怜我孤苦，代为炊煮，便往称谢。邻居皆曰："我们不曾为你煮饭，何用谢为！"此种田人，疑惑不解。

又次日，青年男子，仍往作田。归家之后，又见饭菜端整。油煎豆腐，细嫩焦黄；酱姜一碟，香辣开胃。

又又次日，此种田人，日暮归来，启锁开门，即闻香气。揭锅觑视：米饭之外，兼有腊肉一碗，烧酒一壶。此种田人，饭酒吃肉，陶然醉饱。

心念：果是何人，为我做饭？以何缘由，作此善举？复后一日，此种田人，提早收工，村中炊烟未起，即已抵达家门。轻手蹑足，于门缝外，向内窥视。见一姑娘，从螺壳中，冉冉而出。肤色微黑，眉目如画。草屋之中，顿生光辉。行动婀娜，柔若无骨。取水濯手，便欲做饭。此种田人，破门而入，三步两步，抢过螺壳；扑向姑娘，长跪不起。螺蛳姑娘，挣逃不脱，含羞弄带，允与成婚。种田人惧姑娘复入螺壳，乃将螺壳藏过。严封密裹，不令人知。

一年之后，螺蛳姑娘，产生一子，眉目酷肖母亲，聪慧异常。一家和美，幸福温馨，如同蜜罐。

唯此男人，初得温饱，不免骄惰。对待螺蛳姑娘，无复曩时敬重，稍生侮慢之心。有时入门放锄，大声喝唤："打水洗脚！"凡百家务，垂手不管。唯知戏弄孩儿，打火吸烟。衣来伸手，饭来张口，俨然是一大爷。螺蛳姑娘，性情温淑，并不介意。

一日，此种田人，忽然想起，昔年螺壳，今尚在否？探身取视，晶莹如昔。遂以逗弄婴儿，以箸击壳而歌："丁丁丁，你妈是个螺蛳精！橐橐橐，这是你妈的螺蛳壳！"

彼时螺蛳姑娘，方在炝锅炒菜，闻此歌声，怫然不悦，抢步入房，夺过螺壳，纵身跳入。倏忽之间，已无踪影。此种田人，悔恨无极。抱儿出门，四面呼喊。山风忽忽，流水潺潺，茫茫大野，迄无应声。

此种田人，既失娇妻，无心作务，田园荒芜，日渐穷困。神情呆滞，面色苍黑。人失所爱，易于速老。

一九八五年四月四日

虐　猫

　　李小斌、顾小勤、张小涌、徐小进都住在九号楼七门。他们从小一块长大，在一个幼儿园，又读一个小学，都是三年级。李小斌的爸爸是走资派。顾小勤、张小涌、徐小进家里大人都是造反派。顾小勤、张小涌、徐小进不管这些，还是跟李小斌一块玩。

　　没有人管他们了，他们就瞎玩。捞蛤蟆骨朵，粘知了。砸学校的窗户玻璃，用弹弓打老师的后脑勺。看大辩论，看武斗，看斗走资派，看走资派戴高帽子游街。李小斌的爸爸游街，他们也跟着看了好长一段路。

　　后来，他们玩猫。他们玩过很多猫：黑猫、白猫、狸猫、狮子玳瑁猫（身上有黄白黑三种颜色）、乌云盖雪（黑背白肚）、铁棒打三桃（白身子，黑尾巴，脑袋顶上有三块黑）……李小斌的姥姥从前爱养猫。这些猫的名堂是姥姥告诉他的。

他们捉住一只猫，玩死了拉倒。

李小斌起初不同意他们把猫弄死。他说：一只猫，七条命，姥姥告诉他的。

"去你一边去！什么'一只猫七条命'！一个人才一条命！"

后来李小斌也不反对了，跟他们一块到处逮猫，一块玩。

他们把猫的胡子剪了，猫就不停地打喷嚏。

他们给猫尾巴上拴一挂鞭炮，点着了。猫就没命地乱跑。

他们想出了一种很新鲜的玩法：找了四个药瓶子的盖，用乳胶把猫爪子粘在瓶盖子里。猫一走，一滑；一走，一滑。猫难受，他们高兴极了。

后来，他们想出了一种很简单的玩法：把猫从六楼的阳台上扔下来。猫在空中惨叫。他们拍手，大笑。猫摔到地下，死了。

他们又抓住一只大花猫,用绳子拴着往家里拖。他们又要从六楼扔猫了。

出了什么事?九楼七门前面围了一圈人:李小斌的爸爸从六楼上跳下来了。

来了一辆救护车,把李小斌的爸爸拉走了。

李小斌、顾小勤、张小涌、徐小进没有把大花猫从六楼上往下扔,他们把猫放了。

毋忘我

徐立和吕曼真是一对玉人。徐立长得有点像维吾尔族人,黑而长的眉毛,头发有一点卷。吕曼真像一颗香白杏。他们穿戴得很讲究,随时好像要到照相馆去照相。两人感情极好。每天早晨并肩骑自行车去上班,两辆车好像是一辆,只是有四个轱辘,两个座。居民楼的家属老太太背后叫他们是"天仙配"。这种赞美徐立和吕曼也知道,觉得有点俗,不过也还很喜欢。

吕曼死了,死于肺癌,徐立花了很高的价钱买了一个极其精致的骨灰盒,把吕曼骨灰捧回来。他把骨灰盒放在写字台上。写字台上很干净,东西很少,左侧是一盏台灯,右侧便是吕曼的骨灰盒。骨灰盒旁边是一个白瓷的小花瓶。花瓶里经常插一枝鲜花。马蹄莲、康乃馨、月季……有时他到野地里采来一丛蓝色的小花。有人问："这是什么花？"

"Forget-me-not."

过了半年，徐立又认识了一个女朋友，名叫林茜，林茜长得也很好看，像一颗水蜜桃。林茜常上徐立家里来。来的次数越来越多，走得越来越晚。

他们要结婚了。

少不得要置办一些东西。丝棉被、毛毯、新枕套、床单。窗帘也要换换。林茜不喜欢原来窗帘的颜色。

林茜买了一个中号唐三彩骆驼。

"好看不好看？"

"好看！你的审美趣味很高。"

唐三彩放在哪儿呢？哪儿也不合适。林茜几次斜着眼睛看那骨灰盒。

第二天，骨灰盒挪开了。原来的地方放了唐三彩骆驼。骨灰盒放到哪里呢？徐立想了想，放到了阳台的一角。

过了半年，徐立搬家了。

什么都搬走了，只落下了吕曼的骨灰盒。

他忘了。

《聊斋》新义

瑞云

瑞云越长越好看了。初一十五,她到灵隐寺烧香,总有一些人盯着她傻看。她长得很白,姑娘媳妇偷偷向她的跟妈打听:"她搽的是什么粉?"——"她不搽粉,天生的白嫩。"平常日子,街坊邻居也不大容易见到她,只听见她在小楼上跟师傅学吹箫,拍曲子,念诗。

瑞云过了十四,进十五了。按照院里的规矩,该接客了。养母蔡妈妈上楼来找瑞云。

"姑娘,你大了。是花,都得开。该找一个人梳拢了。"

瑞云在行院中长大，哪有不明白的。她脸上微红了一阵，倒没有怎么太扭捏，爽爽快快地说：

"妈妈说的是。但求妈妈依我一件：钱，由妈妈定；人，要由我自己选。"

"你要选一个什么样的？"

"要一个有情的。"

"有钱的、有势的，好找。有情的，没有。"

"这是我一辈子头一回。哪怕跟这个人过一夜，也就心满意足了。以后，就顾不了许多了。"

蔡妈妈看看这棵摇钱树，寻思了一会，说：

"好。钱由我定，人由你选。不过得有个期限：一年。一年之内，由你。过了一年，由我！今天是三月十四。"

于是瑞云开门见客。

蔡妈妈定例：上楼小坐，十五两；见面贽礼不限。

王孙公子、达官贵人、富商巨贾，纷纷登门求见。瑞云一一接待。贽礼厚的，陪着下一局棋，或当场画一个小条幅、一把扇面。贽礼薄的，敬一杯香茶而已。这些狎客对瑞云各有品评。有的说是清水芙蓉，有的说是未放梨蕊，有的说是一块羊脂玉。一传十，十传百，瑞云身价渐高，成了杭州红极一时的名妓。

余杭贺生，素负才名。家道中落，二十未娶。偶然到西湖闲步，见一画舫，飘然而来。中有美人，低头吹箫。岸上游人，纷纷指点："瑞云！瑞云！"贺生不觉注目。画舫已经远去，贺生还在痴立。回到寓所，茶饭无心。想了一夜，备了一份薄薄的贽礼，往瑞云院中求见。

原来以为瑞云阅人已多，一定不把他这寒酸当一回事。不想一见之后，瑞云款待得很殷勤。亲自涤器烹茶，问长问短。问余杭有什么山水，问他家里都有什么人，问他二十岁了为什么还不娶妻……语声柔细，眉目含情。有时默坐，若有所思。贺生觉得坐得太久了，应该知趣，起身将欲告辞。瑞云拉住他的手，说："我送你一首诗。"诗曰：

何事求浆者，

蓝桥叩晓关。

有心寻玉杵，

端只在人间。

贺生得诗狂喜，还想再说点什么，小丫头来报："客到！"贺生只好仓促别去。

贺生回寓，把诗展读了无数遍。才夹到一本书里，过一会，又抽出来看看。瑞云分明属意于我，可是玉杵向哪里去寻？

过一二日，实在忍不住，备了一份贽礼，又去看瑞云。听见他的声音，瑞云揭开门帘，把他让进去，说：

"我以为你不来了。"

"想不来，还是来了！"

瑞云很高兴。虽然只见了两面，已经好像很熟了。山南海北，琴棋书画，无所不谈。瑞云从来没有和人说过那么多的话，贺生也很少说话说得这样聪明。不知不觉，炉内香灰堆积，帘外落花渐多。瑞云把座位移近贺生，悄悄地说：

"你能不能想一点办法，在我这里住一夜？"

贺生说："看你两回，于愿已足。肌肤之亲，何敢梦想！"

他知道瑞云和蔡妈妈有成约：人由自选，价由母定。

瑞云说："娶我，我知道你没这个能力。我只是想把女儿身子交给你。以后你再也不来了，山南海北，我老想着你，这也不行么？"

贺生摇头。

两个再没有话了，眼对眼看着。

楼下蔡妈妈大声喊：

"瑞云！"

瑞云站起来，执着贺生的两只手，一双眼泪滴在贺生手背上。

贺生回去，辗转反侧。想要回去变卖家产，以博一宵之欢；又想到更尽分别，各自东西，两下牵挂，更何以堪。想到这里，热念都消。咬咬牙，再不到瑞云院里去。

蔡妈妈催着瑞云择婿。接连几个月，没有中意的。眼看花朝已过，离三月十四没有几天了。

这天，来了一个秀才，坐了一会，站起身来，用一个指头在瑞云额头上按了一按，说："可惜，可惜！"说完就走了。瑞云送客回来，发现额头有一个黑黑的指印。越洗越真。

而且这块黑斑逐渐扩大，几天的工夫，左眼的上下眼皮都黑了。

瑞云不能再见客。蔡妈妈拔了她的簪环首饰，剥了上下衣裙，把她推下楼来，和妈子丫头一块干粗活。瑞云娇养惯了，身子又弱，怎么受得了这个！

贺生听说瑞云遭了奇祸，特地去看看。瑞云蓬着头，正在院里拔草。贺生远远喊了一声："瑞云！"瑞云听出是贺生的声音，急忙躲到一边，脸对着墙壁。贺生连喊了几声，瑞云就是不回头。贺生一头去找到蔡妈妈，说是愿意把瑞云赎出来。瑞云已经是这样，蔡妈妈没有多要身价银子。贺生回余杭，变卖了几亩田产，向蔡妈妈交付了身价。一乘花轿把瑞云抬走了。

到了余杭，拜堂成礼。入了洞房后，瑞云乘贺生关房门的工夫，自己揭了盖头，一口气，噗，噗，把两枝花烛吹灭了。贺生知道瑞云的心思，并不嗔怪。轻轻走拢，挨着瑞云在床沿坐下。

瑞云问："你为什么娶我？"

"以前，我想娶你，不能。现在能把你娶回来了，不好么？"

"我脸上有一块黑。"

"我知道。"

"难看么？"

"难看。"

"你说了实话。"

"看看就会看惯的。"

"你是可怜我么？"

"我疼你。"

"伸开你的手。"

瑞云把手放在贺生的手里。贺生想起那天在院里瑞云和他执手相看，就轻轻抚摸瑞云的手。

瑞云说："你说的是真话。"接着叹了一口气，

"我已经不是我了。"

贺生轻轻咬了一下瑞云的手指:"你还是你。"

"总不那么齐全了!"

"你不是说过,愿意把身子给我吗?"

"你现在还要吗?"

"要!"

两口儿日子过得很甜。不过瑞云每晚临睡,总把所有灯烛吹灭了。好在贺生已经逐渐对她的全身读得很熟,没灯胜似有灯。

花开花落,春去秋来。一窗细雨,半床明月。少年夫妻,如鱼如水。

贺生真的对瑞云脸上那块黑看惯了。他不觉得有什么难看。似乎瑞云脸上本来就有,应该有。

瑞云还是一直觉得歉然。她有时晨妆照镜,会回头对贺生说:

"我对不起你!"

"不许说这样的话!"

贺生因事到苏州,在虎丘吃茶。隔座是一个秀才,自称姓和,彼此攀谈起来。秀才听出贺生是浙江口音，便问：

"你们杭州，有个名妓瑞云，她现在怎么样了？"

"已经嫁人了。"

"嫁了一个什么样的人？"

"一个和我差不多的人。"

"真能类似阁下，可谓得人！——不过，会有人娶她么？"

"为什么没有？"

"她脸上——"

"有一块黑。是一个什么人用指头在她额头一按，留下的。这个人真不知道安的是什么心肠！——你怎么知道的？"

"实不相瞒，你说的这个人，就是在下。"

"你为什么要做这种事？"

"昔在杭州，也曾一觌芳仪，甚惜其以绝世之姿而流落不偶，故以小术晦其光而保其璞，留待一个有情人。"

"你能点上，也能去掉么？"

"怎么不能？"

"我也不瞒你，娶瑞云的，便是小生。"

"好！你别具一双眼睛，能超出世俗媸妍，是个有情人！我这就同你到余杭，还君一个十全佳妇。"

到了余杭，秀才叫贺生用铜盆打一盆水，伸出中指，在水面写写画画，说："洗一洗就会好的。好了，须亲自出来一谢医人。"

贺生笑说："那当然！"贺生捧盆入内室，瑞云掬水洗面，面上黑斑随手消失。晶莹洁白，一如当年。瑞云照照镜子，不敢相信。反复照视，大叫一声："这是我！这是我！"

夫妻二人，出来道谢。一看，秀才没有了。

这天晚上，瑞云高烧红烛，剔亮银灯。

贺生不像瑞云一样欢喜。明晃晃的灯烛，粉扑扑的嫩脸，他觉得不惯。他若有所失。

瑞云觉得他的爱抚不像平日那样温存，那样真挚。她坐起来，轻轻地问：

"你怎么了？"

一九八七年八月一日北京

黄英

马子才,顺天人。几代都爱菊花。到了子才,更是爱菊如命。听说什么地方有佳种,一定得买到。千里迢迢,不辞辛苦。一天,有金陵客人寄住在马家,看了子才种的菊花,说他有个亲戚,有一二名种,为北方所无。马子才动了心,即刻打点行李,跟这位客人到了金陵。客人想方设法,给他弄到两苗菊花芽。马子才如获至宝,珍重裹藏,捧在手里,骑马北归。半路上,遇见一个少年,赶着一辆精致的轿车。少年眉清目秀,风姿洒落。他好像刚刚喝了酒,酒气中有淡淡的菊花香。一路同行,子才和少年就搭了话。少年听出马子才的北方口音,问他到金陵做什么来了,手里捧着的是什么。子才如实告诉少年,说手里这两苗菊花芽好不容易才弄到,这是难得的名种。少年说:

"种无不佳,培溉在人。人即是花,花即是人。"

马子才似懂非懂，问少年要往哪里去。少年说："姐姐不喜欢金陵，将到河北找个合适的地方住下。"马子才问："找了房没有？"——"到了再说吧。"子才说："我看你们就甭费事了。我家里还有几间闲房，空着也是空着，你们不如就在我那儿住着，我也好请教怎样'培溉'菊花。"少年说："得跟我姐姐商量商量。"他把车停住，把马子才的意思向姐姐说了。车里的人推开车帘说话。原来是二十来岁的一位美人。说：

"房子不怕窄憋，院子得大一些。"

子才说："我家有两套院子，我住北院，南院归你们。两院之间有个小板门。愿意来坐坐，拍拍门，随时可以请过来。平常尽可落闩下锁，互不相扰。"

"这样很好。"

谈了半日，才互通名姓。少年姓陶，姐姐小字黄英。

两家处得很好。马子才发现，陶家好像不举火，经常是从外面买点烧饼馃子就算一餐，就三天两头请他们过来便饭。这姐弟二人倒也不客气，一请就到。有一天陶对马说："老兄家道也不是怎么富足的，我们老是吃你们，长了，也不是个事。咱们合计合计，我看卖菊花也能谋生。"马子才素来自命清高，听了陶生的话很不以为然，说："这是以东篱为市井，有辱黄花！"陶笑笑，说："自食其力不为贫，贩花为业不为俗。"马子才不再说话。陶生也还常常拍拍板门，过来看看马子才种的菊花。

子才种菊，十分勤苦。风晨雨夜，科头赤足，他又挑剔得很严，残枝劣种，都拔出来丢在地上。他拿了把竹扫帚，打算扫到沟里，让它们顺水漂走。陶生说："别！"他把这些残枝劣种都捡起来，抱到南院。马子才心想：这人并不懂种菊花！

没多久，到了菊花将开的月份，马子才听见南院人声嘈杂，闹闹嚷嚷，简直像是香期庙会：这是咋回事？扒在板门上偷觑：喝，都是来买花的。用车子装的，背着的，抱着的，缕缕不绝。再一看那些花，都是见都没见过的异种。心想：他真的卖起菊花来了。这么多的花，得卖多少钱？此人俗，且贪！交不得！又恨他秘着佳本，不叫自己知道，太不够朋友。于是拍拍板门，想过去说几句不酸不咸的话，叫这小子知道：马子才既不贪财，也不可欺。陶生听见拍门，开开门，拉着子才的手，把他拽了过来。子才一看，荒庭半亩，都已辟为菊畦，除了那几间旧房，没有一块空地，到处都是菊花。多数憋了骨朵，少数已经半开。花头大，颜色好，秆粗，叶壮，比他自己园里种的，强百倍。问："你这些花秧子是哪里淘换来的？"陶生说："你细看看！"子才弯腰细看：似曾相识。原来都是自己拔弃的残枝劣种。于是想好的讥诮的话都忘了，直想问问："你把菊种得这样好，有什么诀窍？"陶生转身进了屋，不大会，搬出一张矮桌，就放在菊畦旁边。又进屋，拿出酒菜，说："我不想富，也不想穷。我不能那样清高。连日卖花，得了一些钱。你来了，今天咱们喝两盅。"陶生酒量大，用大杯。马子才只能小杯陪着。正喝着，听见屋里有人叫："三郎！"是黄英的声音。"少喝点，小心吓着马先生。"陶生答应:"知道了。"几杯落肚,马子才问:"你说过'种无不佳,培溉在人',你到底有什法子能把花种成这样?"陶生说:

"人即是花,花即是人。花随人意。人之意即花之意。"

马子才还是不明白。

陶生豪饮,从来没见他大醉过。子才有个姓曾的朋友,酒量极大,没有对手。有一天,曾生来,马子才就让他们较量较量。二位放开量喝,喝得非常痛快。从早晨一直喝到半夜。曾生烂醉如泥,靠在椅子上呼呼大睡。陶生站起,要回去睡觉,出门踩了菊花畦,一跤摔倒。马子才说:"小心!"一看人没了,只有一堆衣裳落在地上,陶生就地化成一棵菊花,一人高,开着十几朵花,花都有拳大。马子才吓坏了,赶紧去告诉黄英。黄英赶来,把菊花拔起来,放倒在地上,说:"怎么醉成这样!"拿起陶生衣裳,把菊花盖住,对马子才说:"走,别看!"到了天亮,马子才过去看看,只见陶生卧在菊畦边,睡得正美。

于是子才知道：这姐弟二人都是菊花精。

陶生已经露了行迹，也就不避子才，酒喝得越来越放纵。常常自己下个短帖，约曾生来共饮，二位酒友，成了莫逆。

二月十二，花朝。曾生着两个仆人抬了一坛百花酒，说："今天咱们俩把这坛酒都喝了！"一坛酒快完了，两人都还不太醉。马子才又偷偷往坛里续了几斤白酒。俩人又都喝了。曾生醉得不省人事，由仆人背回去了。陶生卧在地上，又化为菊花。马见惯不惊，就如法炮制，把菊花拔起来，守在旁边，看他怎么再变过来。等了很久，看见菊花叶子越来越憔悴，坏了！赶紧去告诉黄英，黄英一听："啊?！——你杀了我弟弟了！"急急奔过来看，菊花根株已枯。黄英大哭，掐了还有点活气的菊花梗，埋在盆里，携入闺中，每天灌溉。

盆里的花渐渐萌发。九月，开了花，短干粉朵，闻闻，有酒香。浇以酒，则茂。

这个菊种，渐渐传开。种菊人给起了个名字，叫"醉陶"。

一年又一年，黄英也没有什么异状，只是她永远像二十来岁，永远不老。

一九八七年九月十一日爱荷华

蛐蛐

宣德年间，宫里兴起了斗蛐蛐。蛐蛐都是从民间征来的。这玩意陕西本不出。有那么一位华阴县令，想拍拍上官的马屁，进了一只。试斗了一次，不错，贡到宫里。打这儿起，传下旨意，责令华阴县年年往宫里送。县令把这项差事交给里正。里正哪里去弄到蛐蛐？只有花钱买。地方上有一些不务正业的混混，弄到好蛐蛐，养在金丝笼里，价钱抬得很高。有的里正，和衙役勾结在一起，借了这个名目，挨家挨户，按人口摊派。上面要一只蛐蛐，常常害得几户人家倾家荡产。蛐蛐难找，里正难当。

有个叫成名的，是个童生，多年也没有考上秀才。为人很迂，不会讲话。衙役瞧他老实，就把他报充了里正。成名托人情，送蒲包，磕头，作揖，不得脱身。县里接送往来官员，办酒席，敛程仪，要民夫，要马草，都朝里正说话。不到一年的工夫，成名的几亩薄产都赔进去了。一出暑伏，按每年惯例，该征蟋蟀了。成名不敢挨户摊派，自己又实在变卖不出这笔钱。每天烦闷忧愁，唉声叹气，跟老伴说："我想死的心都有。"老伴说："死，管用吗？买不起，自己捉！说不定能把这项差事应付过去。"成名说："是个办法。"于是提了竹筒，拿着蟋蟀罩，破墙根底下，烂砖头堆里，草丛里，石头缝里，到处翻，找。清早出门，半夜回家。鞋磨破了，肬膝盖磨穿了，手上、脸上，叫葛针拉出好些血道道，无济于事。即使捕得三两只，又小又弱，不够分量，不上品。县令限期追比，交不上蟋蟀，二十板子。十多天下来，成名挨了百十板，两条腿脓血淋漓，没有一块好肉了。走都不能走，哪能再捉蟋蟀呢？躺在床上，翻来覆去：除了自尽，别无他法。

迷迷糊糊做了一个梦。梦见一座庙,庙后小山下怪石乱卧,荆棘丛生,有一只"青麻头"伏着。旁边有一只癞蛤蟆,将蹦未蹦。醒来想想:这是什么地方?猛然省悟:这不是村东头的大佛阁么?他小时候逃学,曾到那一带玩过。这梦有准么?那里真会有一只好蛐蛐?管它的!去碰碰运气。于是挣扎起来,拄着拐杖,往村东去。到了大佛阁后,一带都是古坟,顺着古坟走,蹲着伏着一块一块怪石,就跟梦里所见的一样。是这儿?——像!于是在蒿莱草莽之间,轻手轻脚,侧耳细听,凝神细看,听力目力都用尽了,然而听不到蛐蛐叫,看不见蛐蛐影子。忽然,蹦出一只癞蛤蟆。成名一愣,赶紧追!癞蛤蟆钻进了草丛。顺着方向,拨开草丛:一只蛐蛐在荆棘根旁伏着。快扑!蛐蛐跳进了石穴。用尖草撩它,不出来;用随身带着的竹筒里的水灌,这才出来。好模样!蛐蛐蹦,成名追。罩住了!细看看:个头大,尾巴长,青脖子,金翅膀。大叫一声:"这可好了!"一阵欢喜,腿上棒伤

《聊斋》新义　159

也似轻松了一些。提着蛐蛐笼,快步回家。举家庆贺,老伴破例给成名打了二两酒。家里有蛐蛐罐,垫上点过了箩的细土,把宝贝养在里面。蛐蛐爱吃什么?栗子、菱角、螃蟹肉。买!净等着到了期限,好见官交差。这可好了:不会再挨板子,剩下的房产田地也能保住了。蛐蛐在罐里叫哩,……

成名有个儿子,小名叫黑子,九岁了,非常淘气。上树掏鸟窝蛋,下河捉水蛇,飞砖打恶狗,爱捅马蜂窝。性子倔,爱打架。比他大几岁的孩子也都怕他,因为他打起架来拼命,拳打脚踢带牙咬。三天两头,有街坊邻居来告"妈妈状"。成名夫妻,就这么一个儿子,只能老给街坊们赔不是,不忍心重棒打他。成名得了这只救命蛐蛐,再三告诫黑子:"不许揭开蛐蛐罐,不许看,千万千万!"

不说还好,说了,黑子还非看看不可。他瞅着父亲不在家,偷偷揭开蛐蛐罐。腾!——蛐蛐蹦出罐外,黑子伸手一扑,用力过猛,蛐蛐大腿折了,肚子破了——死了。黑子知道闯了大祸,哭着告诉妈妈。妈妈一听,脸色煞白:"你个孽障!你甭想活了！你爹回来，看他怎么跟你算账！"黑子哭着走了。成名回来，老伴把事情一说，成名掉在冰窟窿里了。半天，说："他在哪儿？"找。到处找遍了，没有。做妈的忽然心里一震：莫非是跳了井了？扶着井栏一看，有个孩子。请街坊帮忙，把黑子捞上来，已经死了。这时候顾不上生气，只觉得悲痛。夫妻二人，傻了一样。傻坐着，你看看我，我看看你，找不到一句话。这天他们家烟筒没冒烟，哪里还有心思吃饭呢。天黑了，把儿子抱起来，准备用一张草席卷卷埋了。摸摸胸口，还有点温和；探探鼻子，还有气。先放到床上再说吧。半夜里，黑子醒过来了，睁开了眼。夫妻二人稍得安慰。只是眼神发呆。睁眼片刻，又合上眼，昏昏沉沉地睡了。

蛐蛐死了，儿子这样。成名瞪着眼睛到天亮。

天亮了，忽然听到门外蛐蛐叫，成名跳起来，远远一看，是一只蛐蛐。心里高兴，捉它！蛐蛐叫了一声：嚯，跳走了，跳得很快。追。用手掌一捂，好像什么也没有，空的。手才举起，又分明在，跳得老远。急忙追，折过墙角，不见了。四面看看，蛐蛐伏在墙上。细一看，个头不大，黑红黑红的。成名看它小，瞧不上眼。墙上的小蛐蛐，忽然落在他的袖口上。看看：小虽小，形状特别，像一只土狗子，梅花翅，方脑袋，好像不赖。将就吧。右手轻轻捏住蛐蛐，放在左手掌里，两手相合，带回家里。心想拿它交差，又怕县令看不中，心里没底，就想试着斗一斗，看看行不行。村里有个小伙子，是个玩家，走狗斗鸡，提笼架鸟，样样在行。他养着一只蛐蛐，自名"蟹壳青"，每天找一些少年子弟斗，百战百胜。他把这只"蟹壳青"居为奇货，索价很高，也没人买得起。有人传出来，说成名得了一只蛐蛐，这小伙子就到成家拜访，要看看蛐蛐。一看，捂着嘴笑了：这也叫蛐蛐！于是打开自己的蛐蛐罐，把蛐蛐赶进"过笼"里，放进斗盆。成名一看，这只蛐蛐大得像一只油葫芦，就含糊了，不敢把自己的拿出来。小伙子存心看个笑话，再三说："玩玩嘛，咱又不赌输赢。"成名一想，反正养这么只孬玩意也没啥用，逗个乐！于是把黑蛐蛐也放进斗盆。小蛐蛐趴着不动，蔫哩巴唧，小伙子又大笑。使猪鬃撩拨它的须须，还是不动。小伙子又大笑。撩它，再撩它！黑蛐蛐忽然暴怒，后腿一挺，直窜过来。俩蛐蛐这就斗开了，冲、撞、腾、击，劈里卜碌直响。忽见小蛐蛐跳起来，伸开须须，翘起尾巴，张开大牙，一下子钳住大蛐蛐的脖子。大蛐蛐脖子破了，直流水。小伙子赶紧把自己的蛐蛐装进过笼，说："这小家伙真玩命呀！"小蛐蛐摆动着须须，"嚯嚯，嚯嚯"，扬扬得意。成名也没想到。他和小伙子正在端详这只黑红黑红的小蛐蛐，他们家的一只大公鸡斜着眼睛过来，上去就是一嘴。成名大叫了一声："啊呀！"幸好，公鸡没啄着，蛐蛐蹦出了一尺多远。公鸡一啄不中，撒腿紧追。眨眼之间，蛐蛐已经在鸡爪子底下了。成名急得不知怎么好，只是跺脚，再一看，公鸡伸长了脖子乱甩。唔？走近了一看，只见蛐蛐叮在鸡冠上，死死咬住不放。公鸡羽毛扎撒，双脚挣蹦。成名惊喜，把蛐蛐捏起来，放进笼里。

第二天，上堂交差。县太爷一看：这么个小东

《聊斋》新义　163

西,大怒:"这,你不是糊弄我吗!"成名细说这只蛐蛐怎么怎么好。县令不信,叫衙役弄几只蛐蛐来试试。果然,都不是对手。又叫抱一只公鸡来,一斗,公鸡也败了。县令吩咐,专人送到巡抚衙门。巡抚大为高兴,打了一只金笼子,又命师爷连夜写了一通奏折,详详细细表叙了黑蛐蛐的能耐,把蛐蛐献进宫中。宫里的有名有姓的蛐蛐多了,都是各省进贡来的。什么"蝴蝶"、"螳螂"、"油利挞"、"青丝额"……黑蛐蛐跟这些"名将"斗了一圈,没有一只,能经得三个回合,全都不死带伤望风而逃。皇上龙颜大悦,下御诏,赐给巡抚名马衣缎。巡抚饮水思源,到了考核的时候,给华阴县评了一个"卓异",就是说该县令的政绩非比寻常。县令也是个有良心的,想起他的前程都是打成名那儿来的,于是免了成名里正的差役;又嘱咐县学的教谕,让成名进了学,成了秀才,有了功名,不再是童生了;还赏了成名几十两银子,让他把赔累进去的薄产赎回来。成名夫妻,说不尽的欢喜。

只是他们的儿子一直是昏昏沉沉地躺着,不言不语，不吃不喝，不死不活，这可怎么了呢？

树叶黄了，树叶落了，秋深了。

一天夜里，成名夫妻做了一个同样的梦，梦见了他们的儿子黑子。黑子说：

"我是黑子。就是那只黑蛐蛐。蛐蛐是我。我变的。

"我拍死了'青麻头'，闯了祸。我就想：不如我变一只蛐蛐吧。我就变成了一只蛐蛐。

"我爱打架。

"我打架总要打赢。谁我也不怕。

"我一定要打赢。打赢了，爹就可以不当里正，不挨板子。我九岁了，懂事了。

"我跟别的蛐蛐打，我想：我一定要打赢，为了我爹，我妈。我拼命。蛐蛐也怕蛐蛐拼命。它们就都怕。

"我打败了所有的蛐蛐！我很厉害！

"我想变回来。变不回来了。

"那也好。我活了一秋。我赢了。

"明天就是霜降，我的时候到了。

"我走了。你们不要想我。——没用。"

第二天一早,黑子死了。

一个消息从宫里传到省里,省里传到县里:那只黑蛐蛐死了。

一九八七年九月二十日爱荷华

石清虚

邢云飞,爱石头。书桌上,条几上,书架上,柜橱里,多宝槅里,到处是石头。这些石头有的是他不惜重价买来的,有的是他登山涉水满世界寻觅来的。每天早晚,他把这些石头挨着个儿看一遍。有时对着一块石头能端详半天。一天,在河里打鱼,觉得有什么东西挂了网,挺沉,他脱了衣服,一个猛子扎下去,一摸,是块石头。抱上来一看,石头不小,直径够一尺,高三尺有余。四面玲珑,峰峦叠秀。高兴极了。带回家来,配了一个紫檀木的座，供在客厅的案上。

一天，天要下雨，邢云飞发现：这块石头出云。石头有很多小窟窿，每个窟窿里都有云，白白的，像一团一团新棉花，袅袅飞动，忽淡忽浓。他左看右看，看呆了。俟后，每到天要下雨，都是这样。这块石头是个稀世之宝！

这就传开了。很多人都来看这块石头。一到阴天，来看的人更多。

邢云飞怕惹事，就把石头移到内室，只留一个檀木座在客厅案上。再有人来要看，就说石头丢了。

一天，有一个老叟敲门，说想看看那块石头。邢云飞说："石头已经丢失很久了。"老叟说："不是在您的客厅里供着吗？"——"您不信？不信就请到客厅看看。"——"好，请！"一跨进客厅，邢云飞愣了：石头果然好好地嵌在檀木座里。咦！

老叟抚摸着石头，说："这是我家的旧物，丢失了很久了，现在还在这里啊。既然叫我看见了，就请赐还给我。"邢云飞哪肯呀："这是我家传了几

《聊斋》新义

代的东西，怎么会是你的！"——"是我的。"——"我的！"两个争了半天。老叟笑道："既是你家的，有什么验证？"邢云飞答不上来。老叟说："你说不上来，我可知道。这石头前后共有九十二个窟窿，最大的窟窿里有五个字：'清虚石天供'。"邢云飞细一看，大窟窿里果然有五个字，才小米粒大，使劲看，才能辨出笔划。又数数窟窿，不多不少，九十二。邢云飞没有话说，但就是不给。老叟说："是谁家的东西，应该归谁，怎么能由得你呢？"说完一拱手，走了。邢云飞送到门外，回来，石头没了。大惊，惊疑是老叟带走了，急忙追出来。老叟慢慢地走着，还没走远。赶紧奔上去，拉住老叟的袖子，哀求道："你把石头还我吧！"老叟说："这可是奇怪了，那么大的一块石头，我能攥在手里，揣在袖子里吗？"邢云飞知道这老叟很神，就强拉硬拽，把老叟拽回来，给老叟下了一跪，不起来，直说："您给我吧，给我吧！"老叟说："石头到底是你家的，是我家的？"——"您家的！您家的！——求您割爱，求您割爱！"老叟说："既是这

样,那么,石头还在。"邢云飞一扭头,石头还在座里,没挪窝。老叟说:

"天下之宝,当与爱惜之人。这块石头能自己选择一个主人,我也很喜欢。然而,它太急于自现了。出世早,劫运未除,对主人也不利。我本想带走,等过了三年,再赠送给你。既想留下,那你就得减寿三年,这块石头才能随着你一辈子,你愿意吗?"——"愿意!愿意!"老叟于是用两个指头捏了一个窟窿一下,窟窿软得像泥,闭上了。随手闭了三个窟窿,完了,说:"石上窟窿,就是你的寿数。"说罢,飘然而去。

有一个权豪之家,听说邢家有一块能出云的石头,就惦记上了。一天派了两个家奴闯到邢家,抢了石头便走。邢云飞追出去,拼命拽住。家奴说石头是他们主人的,邢云飞说:"我的!"于是经了官。地方官坐堂问案,说是你们各执一词,都说说,有什么验证。家奴说:"有!这石头有九十二个窟窿。"——原来这权豪之家早就派了清客,到邢家看过几趟,暗记了窟窿数目。问邢云飞:"人

《聊斋》新义 169

家说出验证来了,你还有什么话说!"邢云飞说:"回大人,他们说得不对。石头只有八十九个窟窿。有三个窟窿闭了,还有六个指头印。"——"呈上来!"地方当堂验看,邢云飞所说,一字不差,只好把石头断给邢云飞。

邢云飞得了石头回来,用一方古锦把石头包起来,藏在一只铁梨木匣子里。想看看,一定先焚一炷香,然后才开匣子。也怪,石头很沉,别人搬起来很费劲;邢云飞搬起来却是轻而易举。

邢云飞到了八十九岁,自己置办了装裹棺木,抱着石头往棺材里一躺,死了。

　　　　　一九八七年九月二十一日爱荷华

〔后记〕

我想做一点试验,改写《聊斋》故事,使它具有现代意识。这是尝试的第一批。

石能择主,人即是花,这种思想原来就是相当现代的。蒲松龄在那样的时候能有这样的思想,令人惊讶。《石清虚》我几乎没有什么改动。我把《黄英》大大简化了,删去了黄英与马子才结为夫妇的情节,我不喜欢马子才,觉得他俗不可耐。这样一来,主题就直露了,但也干净得多了。我把《蛐蛐》(《促织》)和《瑞云》的大团圆式的喜剧结尾改掉了。《促织》本来是一个具有强烈的揭露性的悲剧,原著却使变成蛐蛐的孩子又复活了,他的父亲也有了功名,发了财,这是一大败笔。这和前面一家人被逼得走投无路的情绪是矛盾的,孩子的变形也就失去使人震动的力量。蒲松龄和自己打了架。迫使作者于不自觉中化愤怒为慰安,于此可见封建统治的酷烈。我这样改,相信是符合蒲老先生的初衷的。《瑞云》的主题原来写的是"不以媸妍易念"。这是道德意识,不是审美意识。瑞云之美,美在性情,美在品质,美在神韵,不仅仅在于肌肤。脸上有一块黑,不是损其全体。(《聊斋》写她"丑状类鬼"很恶劣!)歌德说过:爱一个人,如果不爱她的缺点,不是真正的爱。"情人眼里出西施",是很有道理的。昔人评《聊斋》就有指出

"和生多事"的。和生的多事不在在瑞云额上点了一指,而在使其靧面光洁。我这样一改,立意与《聊斋》就很不相同了。

前年我改编京剧《一捧雪》,确定了一个原则:"小改而大动",即尽量保存传统作品的情节,而在关键的地方加以变动,注入现代意识。

改写原有的传说故事,参以己意,使成新篇,这样的事早就有人做过,比如歌德的《新美露茜娜》。比起歌德来,我的笔下显然是过于拘谨了。

中国的许多带有魔幻色彩的故事,从六朝志怪到《聊斋》,都值得重新处理,从哲学的高度,从审美的视角。

我这只是试验,但不是闲得无聊的消遣。本来想写一二十篇以后再出来,《人民文学》索稿,即以付之,为的是听听反应。也许这是找挨骂。

一九八八年一月二十日

陆判

——《聊斋》新义

朱尔旦，爱作诗，但是天资钝，写不出好句子。人挺豪放，能喝酒。喝了酒，爱跟人打赌。一天晚上，几个作诗写文章的朋友聚在一处，有个姓但的跟朱尔旦说："都说你什么事都敢干，咱们打个赌：你要是能到十王殿去，把东廊下的判官背了来，我们大家凑钱请你一顿！"这地方有一座十王殿，神鬼都是木雕的，跟活的一样。东廊下有一个立判，绿脸红胡子，模样尤其狞恶。十王殿阴森森的，走进去叫人汗毛发紧。晚上更没人敢去。因此，这姓但的想难倒朱尔旦。朱尔旦说："一句话！"站起来就走。不大一会，只听见门外大声喊叫："我把髯宗师请来了！"姓但的说："别听他的！"——"开门哪！"门开处，朱尔旦当真把判官背进来了。他把判官搁在桌案上,敬了判官三大杯酒。大家看见判官蠢着,全都坐不住:"你,还把他,请回去!"朱尔旦又把一壶酒泼在地上,说了几句祝告的话:"门生粗率不文,惊动了您老人家,大宗师谅不见怪。舍下离十王殿不远,没事请过来喝一杯,不要见外。"说罢,背起判官就走。

第二天,他的那些文友,果然凑钱请他喝酒。一直喝到晚上,他已经半醉了,回到家里,觉得还不尽兴,又弄了一壶,挑灯独酌。正喝着,忽然有人掀开帘子进来。一看,是判官!朱尔旦腾地站了起来:"噫!我完了!昨天我冒犯了你,你今天来,是不是要给我一斧子?"判官拨开大胡子一笑:"非也!昨蒙高义相订,今天夜里得空,敬践达人之约。"朱尔旦一听,非常高兴,拽住判官衣袖,忙说:"请坐!请坐!"说着点火坐水,要烫酒。判官说:"天道温和,可以冷饮。"——"那好那好!——我去叫家里的弄两碟菜。你宽坐一会。"朱尔旦进里屋跟老婆一说,——他老婆娘家姓周,挺贤慧,"炒两个菜,来了客。"——"半夜里来客?什么客?"——"十王殿的判官。"——"什么?"——"判官。"——"你千万别出去!"朱尔旦说:"你甭管!炒菜,炒菜!"——"这会儿,能炒出什么菜?"——"炸花生米!炒鸡蛋!"一会儿的功夫,两碟酒菜炒得了,朱尔旦端出来,重换杯筷,斟了酒:"久等了!"——"不妨,我在读你的诗稿。"——"阴间,也兴做诗?"——"阳间有什么,阴间有什么。"——"你看我这诗?"——"不好。"——"是不好!喝酒!——你怎么称呼?"——"我姓陆。"——"台甫?"——"我没名字!"——"没名字?好!——干!"这位陆判官真是海量,接连喝了十大杯。朱尔旦因为喝了一天的酒,不知不觉,醉了。趴在桌案上,呼呼大睡。到天亮,醒了,看看半枝残烛,一个空酒瓶,碟子里还有几颗炸焦了的花生米,两筷子鸡蛋,恍惚了半天:"我夜来跟谁喝酒来着?判官,陆判?"自此,陆判隔三两天就来一回,炸花生米,炒鸡蛋下酒。朱尔旦做了诗,都拿给陆判看。陆判看了,都说不好。"我劝你就别做诗了。诗不是谁都能做的。你的诗,平仄对仗都不错,就是缺一点东西——诗意。心中无诗意,笔下如何有好诗?你的诗,还不如炒鸡蛋。"

有一天,朱尔旦醉了,先睡了,陆判还在自斟自饮。朱尔旦醉梦之中觉得肚脏微微发痛,醒过来,只见陆判坐在床前,豁开他的腔子,把肠子肚子都掏了出来,一条一条在整理。朱尔旦大为惊愕,说:"咱俩无仇无怨,你怎么杀了我?"陆判笑笑说:"别怕别怕,我给你换一颗聪明的心。"说着不紧不慢的,把肠子又塞了回去。问:"有干净白布没有?"——"白布?有包脚布!"——"包脚布也凑合。"陆判用包脚布缚紧了朱尔旦的腰杆,说:"完事了!"朱尔旦看看床上,也没有血迹,只觉得小肚子有点发木。看看陆判,把一疙瘩红肉放在茶几上,问:"这是啥?"——"这是老兄的旧心。你的诗写不好,是因为心长得不好。你瞧瞧,什么乱七八糟的,窟窿眼都堵死了。适才在阴间拣到一颗,虽不是七窍玲珑,比你原来那颗要强些。你那一颗,我还得带走,好在阴间凑足原数。你躺着,我得去交差。"

朱尔旦睡了一觉，天明，解开包脚布看看，创口已经合缝，只有一道红线。从此，他的诗就写得好些了。他的那些诗友都很奇怪。

朱尔旦写了几首传颂一时的诗，就有点不安分了。一天，他请陆判喝酒，喝得有点醺醺然了，朱尔旦说："湔肠伐胃，受赐已多，尚有一事欲相烦，不知可否？"陆判一听："什么事？"朱尔旦说："心肠可换，这脑袋面孔想来也是能换的。"——"换头？"——"你弟妇，我们家里的，结发多年，怎么说呢，下身也还挺不赖，就是头面不怎么样。四方大脸，塌鼻梁。你能不能给来一刀？"——"换一个？成！容我缓几天，想想办法。"

过了几天，半夜里，来敲门，朱尔旦开门，拿蜡烛一照，见陆判用衣襟裹着一件东西。"啥？"陆判直喘气："你托付我的事，真不好办。好不容易，算你有运气，我刚刚得了一个挺不错的美人脑袋，还是热乎的！"一手推开房门，见朱尔旦的老婆侧身睡着，睡得正实在，陆判把美人脑袋交给朱尔旦抱着，自己从靴勒子里抽出一把锋快的匕首，按着朱尔旦老婆的脑袋，切冬瓜似的一刀切了下来，从朱尔旦手里接过美人脑袋，合在朱尔旦老婆脖颈上，看端正了，然后用手四边摁了摁，动作干净利落，真是好手艺！然后，移过枕头，塞在肩下，让脑袋腔子都舒舒服服的斜躺着。说："好了！你把尊夫人原来的脑袋找个僻静地方，刨个坑埋起来。以后再有什么事，我可就不管了。"

第二天，朱尔旦的老婆起来，梳洗照镜。脑袋看看身子："这是谁？"双手摸摸脸蛋："这是我？"

朱尔旦走出来，说了换头的经过，并解开女人的衣领，让女人验看，脖颈上有一圈红线，上下肉色截然不同。红线以上，细皮嫩肉；红线以下，较为粗黑。

吴侍御有个女儿，长得很好看。昨天是上元节，去逛十王殿。有个无赖，看见她长得美，跟梢到了吴家。半夜，越墙到吴家女儿的卧室，想强奸她。吴家女儿抗拒，大声喊叫，无赖一刀把她杀了，把脑袋放在一边，逃了。吴家听见女儿屋里有动静，赶紧去看。一看见女儿尸体，非常惊骇。把女儿尸体用被窝盖住，急忙去备具棺木。这时候，正好陆判下班路过,一看,这个脑袋不错!裹在衣襟里,一顿脚,腾云驾雾,来到了朱尔旦家。

吴家买了棺木,要给女儿成殓。一揭被窝,脑袋没了!

朱尔旦的老婆换了脑袋,也带了一些别扭。朱尔旦的老婆原来食量颇大,爱吃辛辣葱蒜。可是这个脑袋吃得少,又爱吃清淡东西,喝两口鸡丝雪笋汤就够了,因此就下面的肚子老是不饱。

晚上,这下半身非常热情,可是脖颈上这张雪白粉嫩的脸却十分冷淡。

吴家姑娘爱弄乐器,笙箫管笛,无所不晓。有一天,在西厢房找到一管玉屏洞箫,高兴极了,想吹吹。撮细了樱唇,倒是吹出了音,可是下面的十个指头不会捏眼!

朱尔旦老婆换了脑袋,这事渐渐传开了。

朱尔旦的那些诗朋酒友自然也知道了这件事。大家就要求见见换了脑袋的嫂夫人,尤其是那位姓但的。朱尔旦被他们缠得脱不得身,只得略备酒菜,请他们见见新脸旧夫人。

客人来齐了，朱尔旦请夫人出堂。

大家看了半天，姓但的一躬到地：

"是嫂夫人？"

这张挺好看的脸上的挺好看的眼睛看看他，说："初次见面，您好！"

初次见面？

"你现在贵姓？姓周，还是姓吴？"

"不知道。"

不知道？

"那么你是？"

"我也不知道我是谁。是我，还是不是我。"这张挺好看的面孔上的挺好看的眼睛看看朱尔旦，下面一双挺粗挺黑的手比比划划，问朱尔旦："我是我？还是她？"

朱尔旦想了一会，说：

"你们。"

"我们？"

一九八八年新春

双灯

——《聊斋》新义

魏家二小,父母双亡,没念过几年书,跟着舅舅卖酒。舅舅开了一座糟坊,就在村口,不大,生意也清淡,顾客不多。糟坊前进,有一些甑子、水桶、酒缸。后面是一个很大的院子,荒荒凉凉,什么也没有,开了一地的野花。后院有一座小楼。楼下是空的,二小住在楼上。每天太阳落了山,关了大门,就剩二小一个人了。他倒不觉得闷。有时反反复复想想小时候的事,背两首还记得的千家诗,或是伏在楼窗口看南山。南山暗蓝暗蓝的,没有一星灯火。南山很深,除了打柴的、采药的,不大有人进去。天边的余光退尽了,南山的影子模糊了,星星一个一个地出齐了,村里有几声狗叫,二小睡了,连灯都不点。一年一年,二小长得像个大人了,模样很清秀。因为家寒,还没有说亲。

一天晚上,二小已经躺下了,听见楼下有脚步声,还似不止一个人。不大会,踢踢踏踏,上了楼梯。二小一骨碌坐起来:"谁?"只见两个小丫环挑着双灯,已经到了床跟前。后面是一个少年书生,领着一个女郎。到了床前,微微一笑。二小惊得说不出话来。一想:这是狐狸精!腾地一下,汗毛都立起来了,低着头,不敢斜视一眼。书生又笑了笑说:"你不要猜疑。我妹妹和你有缘,应该让她和你作伴。"二小看看书生,一身貂皮绸缎,华丽耀眼;看看自己,粗布衣裤,自己直觉得寒瘆,不知道说什么好。书生领着丫环,丫环留下双灯,他们径自走了。

剩下女郎一个人。

二小细细地看了女郎,像画上画的仙女,越看越喜欢,只是自己是个卖酒的,浑身酒糟气,怎么配得上这样的仙女呢?想说两句风流一点的话,一句也说不出,傻了。女郎看看他,说:"你不是念'子曰'的,怎么那么书呆子气!我手冷,给我焐焐!"一步走向前，把二小推倒在床上，把手伸在他怀里。焐了一会，二小问："还冷吗?"——"不冷了，我现在身上冷。"二小翻身把她搂了起来。二小从来没有干过这种事。不过这种事是不需人教的。

鸡叫了，两个小丫环来，挑起双灯，把女郎引走了。到楼梯口，女郎回头：

"我晚上来。"

"我等你。"

夜长，他们赌猜枚。二小拎了一壶酒，笸箩里装了一堆豆子："我藏你猜，猜对了，我喝一口酒。"他用右手攥了豆子："几颗?"

"三颗。"

摊开手：三颗!

又攥了一把："几颗?"

"十一!"

摊开手，十一颗!

猜了十次，都猜对了，二小喝了好几杯酒。

"这样猜法，你要喝醉了，你没个赢的时候，不如我藏，你猜，这样你还能赢几把。"

这样过了半年。

一天，太阳将落，二小关了大门，到了后院，看见女郎坐在墙头上，这天她打扮得格外标致，水红衫子，百蝶绢裙，鬓边插了一支珍珠偏凤。她招招手："你过来。"把手伸给二小，墙不高，轻轻一拉，二小就过了墙。

"你今天来得早？"

"我要走了，你送送我。"

"要走？为什么要走？"

"缘尽了。"

"什么叫'缘'？"

"缘就是爱。"

"……"

"我喜欢你，我来了。我开始觉得我就要不那么喜欢你了，我就得走。"

"你忍心？"

"我舍不得你，但是我得走。我们，和你们人不一样，不能凑合。"

说着已到村外,那两个小丫环挑着双灯等在那里,她们一直走向南山。

到了高处,女郎回头:

"再见了。"

二小呆呆地站着,远远看见双灯一会明,一会灭,越来越远,渐渐看不见了,二小好像掉了魂。

这天夜晚,山上的双灯,村里人都看见了。

一九八八年六月十日

画壁

——《聊斋》新义

有一商队,从长安出发,将往大秦。朱守素,排行第三,有货物十驮,亦附队同行。这十个驮子,装的都是上好的丝绸。"象眼""方胜",花样新鲜;"海榴""石竹",颜色美丽。如到大秦,可获巨利。驼队到了酒泉,需要休息。那酒泉水好。要把皮囊灌满,让骆驼也喝足了水。

酒泉有一座佛寺,殿宇虽不甚弘大,但是佛像庄严,两壁的画是高手画师手笔,名传远近。朱守素很想去瞻望。他把骆驼、驮子、水囊托付给同行旅伴,径自往佛寺中来。

寺中长老出门肃客。长老内养丰润,面色微红,眉白如雪,着杏黄褊衫,合十为礼,引导朱守素各处随喜,果然是一座幽雅寺院,画栋雕窗,一尘不到。阶前开两株檐葡，池边冒几束菖蒲。

进了正殿，朱守素慢慢地去看两边画壁。西壁画鬼子母，不甚动人。东壁画散花天女。花雨缤纷，或飘或落。天女皆衣如出水，带若当风。面目姣好，肌体丰盈。有一垂发少女，拈花微笑，樱唇欲动，眼波将流。朱守素目不转瞬，看了又看，心摇意动，想入非非。忽然觉得自己飘了起来，如同腾云驾雾，落定之后，已在墙上。举目看看，殿阁重重，极其华丽，不似人间。有一老僧在座上说法，围听的人很多。朱守素也杂在人群中听了一会。忽然觉得有人轻轻拉了一下他的衣袖，一回头，正是那个垂发少女。她嫣然一笑，走了。朱守素尾随着她，经过一道曲曲折折的游廊，到了一所精精致致的小屋跟前，朱守素不知这是什么所在，脚下踌躇。少女举起手中花，远远地向他招了招。朱守素紧走了几步，追了上去。一进屋，没有人，上去就把她抱住了。

少女梳理垂发，穿好衣裳，轻轻开门，回头说："不要咳嗽！"关了门。

晚上，轻轻地开了门，又来了。

这样过了两天。女伴们发觉少女神采变异，喊喊喳喳了一阵，一窝蜂似的闯进拈花女的屋子，七手八脚，到处一搜，把朱守素搜了出来。

"哈！肚子里已经有了娃娃，还头发蓬蓬的学了处女样子呀！不行！"

女伴们捧了簪环首饰，一起说：

"上头！"

少女含羞不语，只好由她们摆布。七手八脚，一会儿就把头给梳上了。一个胖天女说：

"姐姐妹妹们，咱们别老呆着，叫人家不乐意！"——"噢！"天女们一窝蜂又都散了。

朱守素看看女郎，云髻高簇，凤鬓低垂，比垂发时更为艳丽，转目流眄，光采照人。朱守素把她揽在怀里。她浑身兰花香气。

忽然听到外面皮靴踏地，铿铿作响。女郎神色紧张，说：

"这两天金甲神人巡查得很紧，怕有下界人混入天上。我要去就部随班，供养礼佛。你藏在这个壁橱里,不要出来。"

朱守素呆在壁橱里,壁橱狭小,又黑暗无光,十分气闷。他听听外面,没有声息,就偷偷出来,开门眺望。

朱守素的同伴吃了烧肉胡饼,喝了水,一切准备停当,不见朱守素人影,就都往佛寺中走,问寺中长老,可曾见过这样一个人。长老说:"见过见过。"

"他到哪里去了?"

"他去听说法了。"

"在什么地方?"

"不远不远。"

长老用手指弹弹画壁,叫道:

"朱檀越,你怎么去了偌长时间,你的同伴等你很久了!"

大家一看,画上现出朱守素的像,竖起耳朵,好像听见了。

旅伴大声喊道:

"朱三哥!我们要上路了!你的十驮货物如何处置?要不,给你留下?"

朱守素忽然从墙上飘了下来，双眼恍惚，两脚发软。

旅伴齐问：

"你怎么进到画里去了？这是怎么回事？"

朱守素问长老：

"这是怎么回事？"

长老说："幻由心生。心之所想，皆是真实。请看。"

朱守素看看画壁，原来拈花的少女已经高梳云髻，不再是垂发了。

朱守素目瞪口呆。

"走吧走吧。"旅伴们把朱守素推推拥拥，出了山门。

驼队又上路了。骆驼扬着脑袋，眼睛半睁半闭，样子极其温顺，又似极其高傲，仿佛于人世间事皆不屑一顾。骆驼的柔软的大蹄子踩着砂碛，驼队渐行渐远。

一九八八年六月二十日

《聊斋》新义两篇

捕快张三

捕快张三,结婚半年。他好一杯酒,于色上寻常。他经常出外办差,三天五日不回家。媳妇正在年轻,空房难守,就和一个油头光棍勾搭上了。明来暗去,非止一日。街坊邻里,颇有察觉。水井边,大树下,时常有老太太、小媳妇咬耳朵,挤眼睛,点头,戳手,悄悄议论,嚼老婆舌头。闲言碎语,张三也听到了一句半句。心里存着,不露声色。一回,他出外办差,提前回来了一天。天还没有亮,便往家走。没拐进胡同,远远看见一个人影,从自己家门出来。张三紧赶两步,没赶上。张三拍门进屋，媳妇梳头未毕、挽了纂，正在掠鬓，脸上淡淡的。

"回来了？"

"回来了！"

"提早了一天。"

"差事完了。"

"吃什么？"

"先不吃。——我问你，我不在家，你都干什么了？"

"开门，攒火，喂鸡，择菜，坐锅，煮饭，做针线活，和街坊闲磕牙，说会子话，关门，放狗，挡鸡窝……"

"家里没人来过？"

"隔壁李二嫂来替过鞋样子，对门张二婶借过笸箩……"

"没问你这个！我回来的时候，在胡同口仿佛瞧见一个人打咱们家出去，那是谁？"

"你见了鬼了！——吃什么？"

"给我下一碗热汤面，煮两个咸鸡子，烫四

两酒。"

媳妇下厨房整治早饭,张三在屋里到处搜寻,看看有什么破绽。翻开被窝,没有什么。一掀枕头,滚出了一枚韭菜叶赤金戒指。张三攥在手里。

媳妇用托盘托了早饭进来。张三说:

"放下。给你看一样东西。"

张三一张手,媳妇浑身就凉了:这个粗心大意的东西!没有什么说的了,扑通一声,跪倒在地:

"我错了。你打吧。"

"打?你给我去死!"

张三从房梁上抽下一根麻绳,交在媳妇手里。

"要我死?"

"去死!"

"那我死得漂漂亮亮的。"

"行!"

"我得打扮打扮,插花戴朵,擦粉抹胭脂,穿上我娘家带来的绣花裙子袄。"

"行!"

"得会子。"

"行！"

媳妇到里屋去打扮，张三在外屋剥开咸鸡子，慢慢喝着酒。四两酒下去了小三两，鸡子吃了一个半，还不见媳妇出来。心想：真麻烦；又一想：也别说，最后一回了，是得好好捯饬捯饬。他忽然成了一个哲学家，举着酒杯，自言自语："你说这人活一辈子，是为了什么呢？"

一会儿，媳妇出来了：喝！眼如秋水，面若桃花，点翠插头，半珠押鬓，银红裙袄粉缎花鞋。到了外屋，眼泪汪汪，向张三拜了三拜。

"你真的要我死呀？"

"别废话，去死！"

"那我就去死啦！"

媳妇进了里屋，听得见她搬了一张机凳，站上去，拴了绳扣，就要挂上了。张三把最后一杯酒一饮而尽，趴叉一声，摔碎了酒杯，大声叫道：

"哈①！回来！一顶绿帽子，未必就当真把人

———

① 哈音 hāi，读孩第一声。

压死了！"

　　这天晚上，张三和他媳妇，琴瑟和谐。夫妻两个，恩恩爱爱，过了一辈子。

　　按：这个故事见于《聊斋》卷九《佟客》后附"异史氏曰"的议论中。故事与《佟客》实无关系。"异史氏"的议论是说古来臣子不能为君父而死，本来是很坚决的，只因为"一转念"误之。议论后引出这故事，实在毫不相干。故事很一般，但在那样的时代，张三能掀掉"绿头巾"的压力，实在是很豁达，非常难得的。蒲松龄述此故事时语气不免调侃，但字里行间，流露同情，于此可窥见聊斋对贞节的看法。聊斋对妇女常持欣赏眼光，多曲谅，少苛求，这一点，是与曹雪芹相近的。

　　　　　　　　　一九八九年七月二十八日

同梦

凤阳士人,负笈远游。临行时对妻子说:"半年就回来。"年初走的,眼下重阳已经过了。

露零白草,叶下空阶。

妻子日夜盼望。

白日好过,长夜难熬。

一天晚上,卸罢残妆,摊开薄被躺下了。

月光透过窗纱,摇晃不定。

窗外是官河。夜航船的橹声咿咿呀呀。

士人妻无法入睡。迷迷糊糊,不免想起往日和丈夫枕席亲狎,翻来覆去折饼。

忽然门帷掀开,进来了一个美人。头上珠花乱颤,系一袭绛色披风,笑吟吟地问道:

"姐姐,你是不是想见你家郎君呀?"

士人妻已经站在地上,说:

"想。"

美人说:"走!"

美人拉起士人妻就走。

美人走得很快,像飞一样。

(她的披风飘了起来。)

士人妻也走得很快,像飞一样。

她想:我原来能走得这样轻快!

走了很远很远。

走了好大一会。美人伸手一指。

"来了。"

士人妻一看:丈夫来了,骑了一匹白骡子。

士人见了妻子,大惊,急忙下了坐骑,问:

"上哪儿去?"

美人说:"要去探望你。"

士人问妻子:"这是谁?"

妻子没来得及回答,美人掩口而笑说:"先别忙问这问那,娘子奔波不易,郎君骑了一夜牲口,都累了。骡子也乏了。我家不远,先到我家歇歇,明天一早再走,不晚。"

顺手一指,几步以外,就有个村落。

已经在美人家里了。

有个小丫头,趴在廊子上睡着了。

美人推醒小丫头:"起来起来,来客了。"

美人说:"今夜月亮好,就在外面坐坐。石台、石榻,随便坐。"

士人把骡子在檐前梧桐树上拴好。

大家就座。

不大会,小丫头捧来一壶酒,各色果子。

美人斟了一杯酒,起立致词:

"鸾凤久乖,圆在今夕,浊醪一觞,敬以为贺。"

士人举杯称谢:

"萍水相逢,打扰不当。"

主客谈笑碰杯,喝了不少酒。

饮酒中间,士人老是注视美人,不停地和她说话。说的都是风月场中调笑言语,把妻子冷落在一边,连一句寒暄的话都没有。

美人眉目含情,和士人应对。话中有意,隐隐约约。

士人妻只好装呆,闷坐一旁,一声不言语。

美人海量，嫌小杯不尽兴，叫取大杯来。

这酒味甜，劲足。

士人说："我不能再喝，不能再喝了。"

"一定要干了这一杯！"

士人乜斜着眼睛，说："你给我唱一支曲儿，我喝！"

美人取过琵琶，定了定弦，唱道：

> 黄昏卸得残妆罢，
> 窗外西风冷透纱。
> 听蕉声，一阵一阵细雨下，
> 何处与人闲磕牙？
> 望穿秋水，
> 不见还家。
> 潸潸泪似麻。
> 又是想他，
> 又是恨他，
> 手拿着红绣鞋儿占鬼卦。

士人妻心想：这是唱谁呢？唱我？唱她？唱一个不知道的人？

她把这支小曲全记住了。清清楚楚，一字不落。

美人的声音很甜。

放下琵琶，她举起大杯，一饮而尽。

她的酒上来了。脸上红扑扑的，眼睛水汪汪的。

"我喝多了，醉了，少陪了。"

她歪歪倒倒地进了屋。

士人也跟了进去。

士人妻想叫住他，门已经关了，插上了。

"这算怎么回事？"

半天，也不见出来。

小丫头伏在廊子上，又睡着了。

月亮明晃晃的。

"我在这儿呆着干什么？我走！"

可是她不认识路，又是夜里。

士人妻的心头猫抓的一样。

·

她想去看看。

走近窗户,听到里面还没有完事。

美人娇声浪气,声音含含糊糊。

丈夫气喘嘘嘘,还不时咳嗽,跟往常和自己在一起时一样。

士人妻气得双手直抖。

心想:我不如跳河死了得了!

正要走,见兄弟三郎骑一匹枣红马来了。

"你怎么在这儿?"

"你快来,你姐夫正和一个女人做坏事哪!"

"在哪儿?"

"屋里。"

三郎一听,里面还在唧唧哝哝说话。

三郎大怒,捡了块石头,用力扔向窗户。

窗棂折了几根。

只听里边女人的声音:"可了不得啦,郎君的脑袋破了!"

士人妻大哭:

"我想不到你把他杀了,怎么办呢?"

三郎瞪着眼睛说：

"你叫我来，才出得一口恶气，又护汉子，怨兄弟，我不能听你支使。我走！"

士人妻拽住三郎衣袖：

"你上哪儿去？你带我走！"

"去你的！"

三郎一甩袖子，走了。

士人妻摔了个大跟头。她惊醒了。

"啊，是个梦！"

第二天，士人果然回来了，骑了一匹白骡子。士人妻很奇怪，问：

"你骑的是白骡子？"

士人说："这问得才怪，你不是看见了吗？"

士人拴好骡子。

洗脸，喝茶。

士人说："我昨天晚上做了一个梦。"

"一个什么样的梦？"

士人从头至尾述说了一遍。

士人妻说："我也做了一个梦，和你的一样，我们俩做了同一个梦!"

正说着,兄弟三郎骑了一匹枣红马来了。

"我昨晚上做梦,姐夫回来了,你果然回来了!——你没事?"

"有人扔了块大石头,正砸在我脑袋上。所幸是在梦里,没事!"

"扔石头的是我!"

三人做了一个梦!

士人妻想:怎么这么巧呀?若说是梦,白骡子、枣红马,又都是实实在在的。这是怎么回事呢?那个披绛色披风的美人又是谁呢?

正在痴呆呆的想,窗外官河里有船扬帆驶过,船上有人弹琵琶唱曲,声声甜甜的,很熟。推开窗户一看,船已过去,一角绛色披风被风吹得搭在舱外飘飘扬扬了:

黄昏卸得残妆罢,

窗外西风冷透纱……

《聊斋》新义两篇

〔附记〕

此据《凤阳士人》改写。说是"新义",实不新,我只是把结尾改了一下。

一九八九年八月二日

迟开的玫瑰或胡闹

邱韵龙是唱二花脸的。考科班的时候，教师看看他的长相，叫他喊两嗓子，说："学花脸吧。"科班教花脸戏，头几年行当分得没有那样细，一般的花脸戏都教。学花脸的，谁都愿意唱铜锤，——大花脸，大花脸挣钱多。邱韵龙自然也愿学大花脸。铜锤戏，《大（保国）、探（皇陵）、二（进宫）》、《御果园》、《锁五龙》……这些戏他都学过。但是祖师爷没赏他这碗饭，他的条件不够。唱铜锤得有一条好嗓子。他的嗓子只是"半条吭"（"吭"字读阴平），一般铜锤戏能勉强唱下来，但是"逢高不起"，遇有高音，只是把字报出来，使不了大腔，往往一句腔的后半截就"交给胡琴"。内行所谓"龙音"、"虎音"，他没有。不响堂，不打远，不挂味。铜锤要求有个好脑袋。最好的脑袋要数金少山。铜锤要有个锛儿头（大脑门儿），金少山有；大眼睛，他有；高鼻梁、高颧骨，有；方下巴、大嘴叉，有！这样扮出戏来才好看。可是邱韵龙没有。他的脑袋不小，但是圆乎乎的，肌肉松弛，轮廓不清楚，嘴唇挺厚，无威猛之气。唱铜锤也要讲身材，得是高个儿、宽肩膀、细腰，这样穿上蟒、靠，尤其是箭衣，才是样儿。邱韵龙个头不算很矮，但是上下身比例不对，有点五短。而且小时候就是个挺大的肚子，他还不大服气。出科以后，唱了几年，有了点名气，他曾经约了一个唱青衣的坤角贴过一出《霸王别姬》。一出台，就招了一个敞笑。霸王的脸谱属于"无双谱"，既不是"三块瓦"，也不是"十字门"，眼窝朝下耷拉着，是个"愁脸"。这样的脸谱得是个长脸勾出来才好看。杨小楼是个长脸，勾出来好看。可是邱韵龙的脸短，勾出来不是样儿，再加上他的五短身材、大肚子，后台看他扮出戏，早就窃窃地笑开了：活脱像个熊猫。打那以后，他就死了唱大花脸这条心。他学过架子花,《醉打山门》、《芦花荡》这些戏也都会,但是出科就没有唱过。架子花要"身上"、要功架、要腰腿、要脆、要媚,他自己知道,以他那样的身材,唱这样的戏讨不了俏。因此,他唱偏重文戏的二花脸。他自有优势。他会"做戏",台上的"尺寸"比较好,"傍角儿"演戏傍得很"严"。他的最好的戏是《四进士》的顾读,"一公堂"、"二公堂"烘托得很有气氛。他有一出算是主角的戏(二花脸多是配角),是《野猪林》。《野猪林》的鲁智深得袒着肚子,正合适。全国唱花脸的都算上,要找这么个肚子,还真找不出来。他唱戏很认真,不懈场,不"撒儿哄",不撒汤,不漏水。他奉行梨园行的一句格言:"小心干活,大胆拿钱"。因此名角班社都愿用他。他是个很称职的二路。海报上、报纸广告上总有他的名字,在京剧界"有这么一号"。他挣钱不少。比起挑班儿唱红了的"好角",没法儿比;比起三路、四路乃至"底帏子",他可是阔佬。"别人骑马我骑驴,回头再看推车的汉,——比上不足,比下有余"。

他在戏班里有一种优越感，他的文化程度比起同行师兄弟，要高出一截，用他自己的说法，是"头挑"。唱戏的，一般都是"幼而失学"，他是高小毕了业的。打小，他爱瞧书、瞧报。他有个叔叔，是个小学教员，有一架子书，他差不多全看过。在戏班里，能看"三列国"（《三国演义》、《东周列国志》，戏班里合称之为"三列国"），就是圣人。他的书底子可远远超过"三列国"了。眼面前的小说，不但是《西游》、《水浒》、《红楼》，全都看得很熟，就连外国小说《基度山恩仇记》、《茶花女》、《莎氏乐府本事》，也都记得很清楚。他还有一样长处，是爱瞧电影，国产片、外国片——主要是美国电影，都看。他能背出很多美国电影故事和美国电影明星的名字。不过他把美国明星的名字一律都变成北京话化了。他叫卓别林为贾波林，秀兰·邓波儿为沙利邓波，范朋克成了"小飞来伯"，把奥丽薇得哈弗兰（这个名字也实在太长）简化为哈惠兰，而且"哈"字读成上声，听起来好像是家住牛街的一位回民姑娘。他的叔叔鼓励他看电影，以为这对他的舞台表演有帮助。那倒也是。他会做戏，跟瞧电影多不无关系。更重要的是许多缠绵悱恻，风流浪漫的电影故事于不知不觉之中对他产生了影响，进入了潜意识。

他熟知北京的掌故、传说、故事、新闻。他爱聊，也会聊。戏班里的底包，尤其是跑龙套、跑宫女的年轻人，很爱听他白话。什么四大凶宅、八大奇案，每天说一段，也能说个把月，不亚于王杰魁的《包公案》，陈士和的《聊斋》。他以此为乐，也以此为荣。试举他说过不止一次的两件奇闻为例：

有一个老花子在前门、大栅栏一带要饭。有一天，来了一个阔少，趴在地下就给老花子磕了三个头："哎呀爸爸！您怎么在这儿，儿子找了您多少年了！快跟我回家去吧！"老花子心想：这是哪儿的事呀？我怎么出来个儿子，——一个阔少爷！不管它，家去再说！到了家，给老太爷更衣，到澡塘洗澡，剃头，戴上帽盔儿：嗨，还真有个福相。带着老太爷吃馆子、看戏。反正，怎么能讨老太爷喜欢怎么来。前门一带，这就嚷嚷动了：冯家的少爷

（不知是哪位闲人，打听到这家姓冯）认了失散多年的老父亲。每逢父子俩坐着两辆包月车，踩着脚铃，一路叮叮当当地过去，总有人指指点点，谈论半天。天凉了，该给老太爷换季了。上哪儿买料子，——瑞蚨祥。扶着老太爷，挑了好些料子，绸缎呢绒，都是整疋的，外搭上两件皮筒子，一件西狐肷，一件貉绒，都是贵重的稀物。一算账，哎呀，带的钱不够。"这么着吧，我回去取一趟，让老爷子在这儿坐会儿。东西，我先带着。我一会就来。快！"瑞蚨祥的上上下下对冯大少爷都有个耳闻，何况还有老太爷在这儿坐着呢？掌柜的就说："没事，没事！您尽管去。"一面给老太爷换了一遍茶叶。不想一等也不来，二等也不来，过了两个钟头了，掌柜的有点犯嘀咕，问："老太爷，您那少爷怎么还不来？"——"什么少爷！我跟他不认识！"掌柜的这才知道，受了骗了。行骗，总得先下点本儿，花一点时间。

廊坊头条的珠宝店，现在没有多少值钱的东西了，在以前，哪一家每天都要进出上万洋钱。有一家珠宝店,除了一般的首饰,专卖钻戒。有一天,来了一位阔少,要买钻戒。二柜拿出三盒钻戒请他挑。他坐在茶几旁边的椅子上,一面喝茶,一面挑选,左挑右挑,没有中意的。站起来,说了一声:"对不起,麻烦你们了!"这就要走。二柜喊了一声:"等等!"他发现钻戒少了一只。"你们要怎么样?"——"我们要搜!"——"搜不出来呢?"——"摆酒请客,赔偿名誉损失!""请搜。"解衣服,脱袜子,浑身上下,搜了一个遍:没有。珠宝店只好履行诺言,请客、赔偿。二柜直纳闷,这只钻戒是怎么丢的呢?除了柜上的伙计,顾客就他一个人呀。过了一些日子,珠宝店刷洗全堂家具,一个伙计在茶几背面发现一张膏药的痕迹,膏药当中正是那只钻戒的印子。原来,阔少挑钻戒时把这只钻戒贴在了茶几背面,过了几天,又由别的人来取走了。贴钻戒,这要手疾眼快。骗案,大都不是一个人,必有连档。

邱韵龙把这些奇闻说得活灵活现,好像他亲眼目睹似的。其实都有所本。头一件奇闻,出于《三刻拍案惊奇》第九回。第二件奇闻的出处待查。他白话的故事大都出于坊刻小说或《三六九画报》之类的小报。有些是道听途说。比如他说川岛芳子（金碧辉）要敲翡翠大王铁三一笔竹杠，铁三把她请到家里去，打开珍宝库的铁门，请她随便挑。这么多的"水碧"，连金碧辉也没有见过。她拿了一件，从此再不找铁三的麻烦。这件事就不知道可靠不可靠。不过铁三他是见过的，他说铁三有那么多钱，可是自奉却甚薄，爱吃个芝麻烧饼，这也有几分可信。金碧辉他也见过，经常穿着男装，或长袍马褂，或军装大马靴，爱到后台来鬼混。金碧辉枪毙，他没有赶上。有一个敌伪时期的汉奸，北京市副市长丁三爷绑赴刑场，他是看见的。这位丁三爷恶迹很多，但是对梨园行却很照顾。有戏班里的人犯了事，叫公安局或侦缉队薅去了，托一个名角去求他，他一个电话，就能把人要出来。因此，戏班里的人对他很有好感。那天，邱韵龙到前门外去买茶叶，正好赶上。他亲眼看到丁三爷五花大绑，押在卡车上。不过他没有赶去看丁三爷挨那一枪。他谨遵父亲大人的庭训：不入三场——杀场、火场、赌场。

不但上海绿宝之类的赌场他没有去过，就是戏班里耍钱，他也概不参加。过去戏班赌风很盛，后台每天都有一桌牌九。做庄的常是一个唱大丑的李四爷。他推出一条，开了门，手里捏着色子，叫道："下呀！下呀！"人家纷纷下注。邱韵龙在一旁看着，心里冷笑：今天你下了，明天拿什么蒸（窝头）呀！

他不赌钱，不抽烟，不喝酒，唯一的爱好是吃。吃肉，尤其是肘子，冰糖肘子、红焖肘子、东坡肘子、锅烧肘子、四川菜的豆瓣肘子，是肘子就行。至不济，上海菜的小白蹄也凑合了。年轻的时候，晋阳饭庄的扒肘子，一个有小二斤，九寸盘，他用一只筷子由当中一豁，分成两半，端起盘子来，呼噜呼噜，几口就"喝"了一半；把盘子掉个边，呼噜呼噜，那一半也下去了。中年以后，他对吃肉有点顾虑。他有个中医朋友，是心血管专家，自己也有高血压心脏病，也爱吃肉吃肘子。他问他:"您是大夫,又有这样的病,还这么吃?"大夫回答他:"他不明儿才死吗?"意思是说:今天不死,今天还吃。邱韵龙一想:也有道理!

邱韵龙精于算计。有时有几个师兄弟说:"咱们来一顿",得找上邱韵龙,因为他和好几家大饭馆的经理、跑堂的、掌勺的大师傅都熟,有他去,价廉物美。"来一顿"都是"吃公墩",即"打平伙",费用平摊。饭还没有吃完,他已经把账算出来,每人该多少钱,大家当场掏钱,由他汇总算账,准保一分也不差。他有时也请请客,有一个和他是"发小",现在又当了剧团领导的师弟,他有时会约他出来来一顿小吃,那不外是南横街的卤煮小肠、门框胡同的褡裢火烧、朝阳门大街的门钉肉饼,那费不了几个钱。

他二十二岁结的婚,娶的是著名武戏教师林恒利的女儿,比他大两岁。是林恒利相中的。他跟女儿说:"你也别指望嫁一个挑班唱头牌的,我看也不会有唱头牌的相中你。再说,唱头牌的哪个不有点花花事儿?那气,你也受不了。我看韵龙不错,人老实。二牌，钱不少挣。"托人一说，成了。媳妇模样平常，人很贤惠，干什么都是利利索索的。他们生了个女儿。女儿像韵龙，胖呼呼的，挺好玩。邱韵龙爱若掌上明珠，常带她到后台来玩。媳妇每天得给他捉摸吃什么，不能老是肘子。有时给他焖一个锅子（涮羊肉），有时煨牛（肉），或是炒一盘羊尾巴油炒麻豆腐。一来给他调剂调剂，二来也得照顾照顾女儿的口味。女儿读了外贸学院，工作了，结婚了，生孩子了。一转眼，邱韵龙结婚小四十年了。一家子过得风平浪静，和和美美。万万没有想到：邱韵龙谈恋爱了！消息传开了，很多人都不相信。"邱韵龙谈恋爱？别逗啦！""他？他都六十出头啦！""谁要他呀？这么大的肚子！"

事实就是事实，邱韵龙不否认。女的是公共汽车公司卖月票的售票员，模样不错，照邱韵龙的说法是："高鼻梁，大眼睛，一笑俩酒窝"。她四十几了，一年前死了丈夫。因为没有生过孩子，身材还挺苗条，说是三十大几，也说得过去。邱韵龙每月买月票，渐渐熟了，每次隔着售票处的窗口，总要搭搁几句。有一次,女的跟他说:"我昨儿晚上瞧见您了,——在电视里。"——"你瞧见了吗?"那是一次春节晚会,有一个游艺节目,电影明星和体育健将的排球赛,——用轻气球,只许用头顶,邱韵龙是裁判。那天他穿了一件大花粗线毛衣,喊着裁判口令:"红队,得分!"——"蓝队,过网击球,换发球!"本来这是逢场作戏,逗人一乐的事,比赛场内外笑声不绝,邱韵龙可是认真其事,奔过来,跑过去,吹哨子,叫口令,一丝不苟,神气十足。"您真精神!样子那么年轻,一点不显老!"——"是吗?"邱韵龙就爱听这句话,心里美不滋儿的。邱韵龙送过两回戏票,请她看戏。两个人看过几场电影,吃过几回小馆子。说话这就到夏天了,他们逛了一回西山八大处。回来,邱韵龙送她回家。天热,女的拧了一个手巾把儿递给他:"你擦擦汗。我到里屋擦把脸,你少坐一会。"过了一会,女的撩开门帘出来:一丝不挂。

　　有人劝邱韵龙:"您都这么大的岁数了,您这是干什么?"

邱韵龙的回答是:"你说吃,咱们什么没吃过?你说穿,咱们什么没穿过?就这个,咱们没有干过呀!"

女的不愿这么不明不白,偷偷摸摸地过,她让他和老婆离婚,和她正式结婚。

他回家和老婆提出,老婆说:"你说什么?"他的一个弟妹(师弟的媳妇)劝他不要这样,他说:"我宁可精精致致地过几个月,也不愿窝窝囊囊地过几年。"

这实在是一句十分漂亮,十分精彩的话,"精精致致",字眼下得极好,想不到邱韵龙的厚嘴唇里会吐出这样漂亮的语言!

他天天跟老婆蘑菇,没完没了。最后说:"你老不答应,赶明儿那大红花叫别人戴上了,你心里不难受呀?"他的女儿听到母亲告诉她父亲的原话,说:"这是什么逻辑!"

老婆叫他纠缠得没有办法,说:"离!离!"他自觉于心有愧,什么也没有带,大彩电、电冰箱、洗衣机,成堂沙发,组合家具,全都留给发妻,只带了一个存折，两箱衣裳，"扫地出门"，去过他那精精致致的日子去了。

他很注意保重身体。家里五屉柜一个抽屉里装的都是常用药。血压稍有波动，只要低压超过九十，高压超过一百三，就上医务室要降压灵。家里常备氧气袋，见了过了六十的干部就奉劝道："像咱们这个年龄，一定要有氧气袋！"他还举出最近逝世的两个熟人，说"那样的病情，吸一点氧气就过来了。家里人无知呀！"他犯过两次心绞痛，都不典型，心电图看不出太大的问题。这一天，他早餐后觉得心脏不大舒服，胸闷气短，就上医院去看看。医院离他家——他的新居很近，几步就到了，他是步行去的。他精神还挺好。头戴英国兔毛呢便帽，——唱花脸的得剃光头，不能留发，所以他对帽子就特别在意，他有好几顶便帽，都是进口货；穿着铁灰色澳毛薄呢大衣，脚下是礼服呢千层底布鞋，——他不爱穿皮鞋，上面不管穿什么，哪怕是西服，脚下也总是礼服呢面布鞋。他双手插在大衣兜里，缓缓地，然而是轻轻松松地在人行道上走着，像一个洋绅士在散步。他自我感觉良好，觉得自己很潇洒，觉得自己有一种美。这种美不是泰隆保华、罗拔泰勒那样的美，这是"旱香瓜——另一个味儿"。他觉得自己很有艺术家的气质、风度，他很有自信。这种自信在他恋爱之后就更加强化，更加实在了。他时时不免顾影自怜——在商店大橱窗的反光的玻璃前一瞥他自己的风采。他原以为没有事儿，上医院领一点药就回来了，没想到左前胸忽然剧痛，浑身冷汗下来了，几乎休克过去。医生一检查，当即决定，住院抢救：大面积心肌梗死。

住院抢救，须有家属陪住。叫谁来陪住呢？他的虽已登记，尚未正式结婚的新夫人不便前来，医院和剧团领导研究，还是得请他已经离婚的元配夫人来。

到底是结发夫妻，他的原先的老伴接到通知，二话没说，就到医院里来了，对他侍候得很周到。他大小便失禁，拉了一床，还得给人家医院洗床单。他神志清醒，也很知情，很感激。

他还没有过危险期，但是并没有把日子过糊涂了。正是月初，发薪的日子，他跟老伴说："你去给我把工资领来。"老伴说："你都病成这相儿了，还惦着这个干什么？"——"你去给我领来，我爱瞧这个！"老伴给他领来了工资，把一沓人民币放在他的枕边。他看了看人民币，一笑而逝。享年六十二岁。

他死后，由于种种原因，没有开追悼会。悼词不好写，写什么？追悼会的会场上家属位置上谁站着？他死后，剧团的同事说："邱韵龙简直是胡闹！"他的女儿说："我爸爸纯粹是自己嘬的！"

一九九〇年十月三日

笔记小说两篇

瞎鸟

经常到玉渊潭遛鸟——遛画眉的,有这几位:

老秦、老葛。他们固定的地点在东堤根底下。堤下有几棵杨树,可以挂鸟。有几个树墩子,可以坐坐。一边是苗圃,空气好。一边是一片杂草,开着浅蓝色的、金黄色的野花。他们选中这地方,是因为可以在草丛里捉到喂鸟的活食——蛐蛐、油葫芦。老葛说:"鸟到了我们手里,就算它有造化!"老葛来得早,走得也早,他还不到退休年龄,赶八点钟还得回去上班。老秦已经"退"了。可以晚一点走。他有个孙子,他来遛鸟,孙子说:"爷爷,你去遛鸟，给我逮俩玩艺儿。"老秦每天都要捉一两个挂大扁、唧嘹。实在没有，至少也得逮一个"老道"——一种黄蝴蝶。他把这些玩艺儿放在一个旧窗纱做的小笼里。老秦、老葛都是只带一个画眉来。

堤面上的一位，每天蹬了自备的小三轮车来。他这三轮真是招眼：座垫、靠背都是玫瑰红平绒的，车上的零件锃亮。他每天带四个鸟来，挂在柳树上。他自己就坐在车上架着二郎腿，抽烟，看报，看人——看穿了游泳衣的女学生。他的鸟叫得不怎么样，可是鸟笼真讲究，一色是紫漆的，洋金大抓钩。鸟食罐都是成堂的，绣墩式的、鱼缸式的、腰鼓式的；粉彩是粉彩，斗彩是斗彩，釉红彩是釉红彩，叭狗、金鱼、公鸡。

南岸是鸟友们会鸟的地方。湖边有几十棵大洋槐树，树下一片小空场，空场上石桌石凳。几十笼画眉挂在一起，叫成一片。鸟友们都认识，挂了鸟，就互相聊天。其中最活跃的有两位。一个叫小庞，其实也不小了，不过人长得少相。一个叫陈大吹，因为爱吹。小庞一逗他，他就打开了话匣子。陈大吹是个鸟油子。他养的鸟很多。每天用自行车载了八只来，轮流换。他不但对玉渊潭的画眉一只一只了如指掌，哪只有多少"口"，哪只的眉子齐不齐，体肥还是体瘦，头大还是头小，哪一只从谁手里买的，花了多少钱，一清二楚，就是别处有什么出了名的鸟，天坛城根的，月坛公园的，龙潭湖的，他也能说出子午卯酉。大家爱跟他近乎，还因为他每天带了装水的壶来。一个三磅热水瓶那样大的浅黄色的硬塑料瓶，有个很严实的盖子，盖子上有一个弯头的管子，攥着壶，手一仄歪，就能给水罐里加上水，极其方便。他提溜着这个壶，看谁笼里水罐里水浅了，就给加一点。他还有个脾气，爱和别人换鸟。养鸟的有这个规矩，你看上我的鸟，我看上你的了，咱俩就可以换。有的愿意贴一点钱，一张（拾元）、两张、三张。说好了，马上就掏。随即开笼换鸟。一言为定，永不反悔。

老王，七十多岁了，原来是勤行——厨子，他养了一只画眉。他不大懂鸟，不知怎么误打误撞的叫他买到了这只鸟。这只画眉,官称"鸟王"。不但口全——能叫"十三套",而且非常响亮,一摘开笼罩,往树上一挂,一张嘴,叫起来没完。他每天先到东岸堤根下挂一挂,然后转到南岸。他把鸟往槐树杈上一挂,几十笼画眉渐渐都停下来了,就听它一个"人"一套一套地叫。真是"一鸟入林,众鸟压声"。老王是个穷养鸟的,他的这个鸟笼实在不怎么样,抓钩发黑,笼罩是一条旧裤子改的,蓝不蓝白不白,而且泡泡囊囊的,和笼子不合体。他后来又托陈大吹买了一只生鸟,和鸟王挂在一起,希望能把这只生鸟"压"① 出来。

还有个每天来遛鸟的,叫"大裤裆"。他夏天总穿一条齐膝的大裤衩,裤裆特大。"大裤裆"独来独往,很少跟人过话。他骑车来,带四笼画眉。他爱让画眉洗澡,东堤根下有一条小沟,通向玉渊潭里湖,是为了苗圃浇水掘开的。水很浅,但很清。他把笼子放在沟底,画眉就抖开翅膀洗一阵。

---

① 让生鸟向善叫的鸟学习鸣叫,叫"压"。

然后挂在杨树杈上过风；挨老王的鸟不远。他提出要用一只画眉和老王的生鸟换，老王随口说了句："换就换！""大裤裆"开了笼门就把两只鸟换了。

老王提了两只鸟笼遛了几天，他有点纳闷：怎么"大裤裆"的这只鸟一声也不叫唤呀？他提到南岸槐树林里让大家看看。会鸟的鸟友们围过来左端详右端详：唔？这是怎么回事？陈大吹过来看了一会，隔着笼子，用手在画眉面前挥了几下，画眉一点反应也没有。陈大吹说："你这鸟是个瞎子！"老王一跺脚："哎哟，我上了他的当了！"陈大吹问："你是跟谁换的？"——"大裤裆！"——"你怎么跟他换了？"——"他说'咱俩换换'，我随便说了句：'换就换！'"鸟友们都很气愤。有人说："跟他换回来！"但是，没这个规矩。

"大裤裆"骑车过南岸，陈大吹截住了他："你可缺了大德了！你怎么拿一只瞎鸟跟老王换？人家一个孤老头子，养活两只鸟，不容易！你这不是坑人吗？"大裤裆振振有词："你管得着吗？——这只鸟在我手里的时候不瞎！"这是死无对证的事。你说它本来就瞎,你看见了吗?"大裤裆"登上车,疾驶而去。众鸟友议论一阵,也就散开了。

鸟友们还是每天会鸟,陈大吹还是神吹,老秦、老葛在草丛抓活食,堤面上蹬玫瑰红三轮车的主儿还是抽烟,看报,看穿了游泳衣的女学生。

老王每天提了一只鸟王、一只瞎鸟,沿湖堤遛一圈。

这以后,很少看见"大裤裆"到玉渊潭来了。

捡烂纸的老头

烤肉刘早就不卖烤肉了,不过虎坊桥一带的人都还叫它烤肉刘。这是一家平民化的回民馆子,地方不小,东西实惠。卖大锅菜。炒辣豆腐。炒豆角、炒蒜苗、炒洋白菜,比较贵一点是黄焖羊肉,也就是块儿来钱一小碗。在后面做得了,用脸盆端出来,倒在几个深深的铁罐里,下面用微火煨着,倒总是温和的。有时也卖小勺炒菜:大葱炮羊肉,干炸丸子，它似蜜……主食有米饭、花卷、芝麻烧饼、罗丝转。卖面条，浇炸酱、浇卤。夏天卖麻酱面。卖馅儿饼。烙饼的炉紧挨着门脸儿。一进门就听到饼铛里的油吱吱喳喳地响，饼香扑鼻，很诱人。

烤肉刘的买卖不错，一到饭口，尤其是中午，人总是满的。附近有几个小工厂，厂里没有食堂，烤肉刘就是他们的食堂。工人们都正在壮年，能吃，馅饼至少得来五个（半斤），一瓶啤酒，二两白的。女工多半是拿一个饭盒来，买馅饼，或炒豆腐、花卷，带到车间里去吃。有一些退了休的职工，不爱吃家里的饭，爱上烤肉刘来吃"野食"，想吃什么要点什么。有一个文质彬彬的主儿，原来当会计，他每天都到烤肉刘来，他和家里人说定，每天两块钱的"挑费"，都扔在这儿。有一个煤站的副经理，现在也还参加劳动，手指甲缝都是黑的，他在烤肉刘吃了十来年了。他来了，没座位，服务员即刻从后面把他们自己坐的凳子提出一张来，把他安排在一个旮旯里。有炮肉，他总是来一盘炮肉，仨烧饼，二两酒。给他炮的这一盘肉，够别人的两盘。因为烤肉刘指着他保证用煤。这些，都是老主顾。还有一些流动客人，东北的，山西的，保定、石家庄的。大包小包，五颜六色。男人用手指甲剔牙，女人敞开怀喂奶。

有一个人是每天必到的，午晚两餐，都在这里。这条街上人都认识他，是个捡烂纸的。他穿得很破烂，总是一件油乎乎的烂棉袄，腰里系一根烂麻绳，没有衬衣，脸上说不清是什么颜色，好像是浅黄的。说不清有多大岁数，六十岁？七十岁？一嘴牙七长八短，残缺不全。你吃点软和的花卷，面条，不好么？不，他总是要三个烧饼，歪着脑袋努力地啃啮。烧饼吃完，站起身子，找一个别人用过的碗（他可不在乎这个），自言自语："跟他们寻一口面汤。"喝了面汤，"回见！"没人理他，因为不知道他是向谁说的。

一天，他和几个小伙子一桌。一个小伙子看了他一眼，跟同伴小声说了句什么，他多了心："你说谁哪？"小伙子没有理他。他放下烧饼，跳到店堂当间："出来！出来！"这是要打架。北京人过去打架，都到当街去打，不在店铺里打，免得损坏人家的东西搅了人家的买卖。"出来！出来！"是叫阵。没人劝。压根儿就没人注意他。打架？这么个糟老头子？这老头可真是糟，从里糟到外。这几个小伙子，随便哪一个，出去一拳准能把他揍趴下。小伙子们看看他，不理他。

这么个糟老头子想打架，是真的吗？他会打架吗？年轻的时候打过架吗？看样子，他没打过架，他哪是耍胳膊的人哪！他这是干什么？虚张声势？也说不上，无声势可言。没有人把他当一回事。

没人理他，他悻悻地回到座位上，把没吃完的烧饼很费劲地啃完了，情绪已经平复下来——本来也没有多大情绪。"跟他们寻口汤去。"喝了两口面汤，"回见！"

有几天没看见捡烂纸的老头了，听煤站的副经理说，他死了。死后，在他的破席子底下发现八千多块钱，一沓一沓，用麻筋捆得很整齐。

他攒下这些钱干什么？

新笔记小说三篇

明白官

(出《聊斋志异》)

《聊斋志异·郭安》记的是真人真事,不是鬼狐故事,没有任何夸张想象,艺术加工。

孙五粒有个男用人。——孙五粒原名孙秭,后改名柏龄,字五粒。孙之獬之子,孙琰龄之兄,明崇祯六年举人,清顺治三年进士。历任工科、刑科给事中,礼部都给事中,太仆寺少卿,迁鸿胪寺卿,转通政使司左通政使。孙家一门显宦,又是淄川人,和蒲松龄是小同乡。在淄川,一提起孙五粒,是没有人不知道的,因此蒲松龄对他无须介绍。但是外地的后代的人就不知孙五粒是谁了，所以不得不噜苏几句。——这个男用人独宿一室，恍恍惚惚被人摄了去。到了一处宫殿，一看，上面坐的是阎罗王。阎罗看了看这男用人，说："错了！要拿的不是此人。"于是下令把他送回去。回来后，这男用人害怕得不得了，不敢再一个人住在这间屋子里，就换了个地方，住到别处去了。

另外一个用人，叫郭安，正没有地方住，一看这儿有空屋子空床，"行！这儿不错！"就睡下了。大概是带了几杯酒，一睡，睡得很实。

又一个用人，叫李禄。这李禄和那被阎王错勾过的男用人一向有仇，早就想把这小子宰了。这天晚上，拿了一把快刀，到了空屋里，一看，门没有闩，一摸，没错！咔嚓一刀！谁知道杀的不是仇人，是郭安。

郭安的父亲知道儿子被人杀了，告到当官。

当时的知县是陈其善。

陈其善是辽东人，贡士。顺治四年任淄川县知县。顺治九年，调进京，为拾遗。那么陈其善审理

新笔记小说三篇　　231

此案当在顺治四—九年之间，即 1647—1652，距现在差不多三百三十年。

陈其善升堂。

原告被告上堂，陈其善对双方各问了几句话。李禄供认不讳，是他杀了郭安。陈其善沉吟了一会，说："你不是存心杀他，是误杀。没事了，下去吧。"郭安的父亲不干了，哭着喊着："就这样了结啦？我的儿子就白死啦？我这多半辈子就这一个儿子，他死了，我靠谁呀？"——"哦，你没有儿子了？这么办，叫李禄当你的儿子。"郭安的父亲说："我干嘛要他当我的儿子呀？——我不要，不要！"——"不要不行！退堂！"

蒲松龄说：这事儿奇不奇在孙五粒的男用人见鬼，而奇在陈其善的断案。

（汪曾祺按：孙五粒这时想必不在淄川老家。要不然，家里奴仆之间出了这样的事，他总得过问过问。）

济南府西部有一个县，有一个人杀了人，被杀的那人的老婆告到县里。县太爷大怒，出签拿人，把凶犯拘到，拍桌大骂："人家好好的夫妻，你咋竟然叫人家守了寡了呢！现在，就把你配了她，叫你老婆也守寡！"提起硃笔，就把这两人判成了夫妻。

济南府西县令是进士出身。蒲松龄曰："此等明决，皆是甲榜所为，他途不能也。"——这样的英明的判决，只有进士出身的官才作得出，非"正途"出身的县长，是没有这个水平的。

不过，陈其善是贡生，不算"正途"，他判案子也这个样子。蒲松龄最后赞叹道："何途无才！"不论由什么途径而做了官的，哪儿没有人才呀！

一九九一年七月四日

樟柳神

（出《夜雨秋灯录》）

张大眼是个催租隶。这天，把租催齐了，要进城去完秋赋。这时正是秋老虎天气，为了赶早凉，起了个五更。懵懵懂懂,行了一气。到了一处,叫做秋稼湾,太阳上来了,张大眼觉得热起来。看了看,路旁有一户人家,茅草屋,门关着,看样子,这家主人还在酣睡未起。门外,搭着个豆花棚,为的是遮阴。豆花棚耷拉过来,接上了几棵半大柳树。下面有一条石凳,干干净净的。一摸,潮乎乎的,露水还没干。掏出布手巾来擦了擦。

"歇会儿啵!"

张大眼心想:这会城门刚开,进城的,出城的,人多,等乱劲儿过去了,再说。好在离城也不远了。

"抽袋烟!"

嚓嚓嚓,打亮火石,点着火绒,呲——吸了一口,"唔!好烟!"

张大眼正在品烟,听到有唱歌的声音。声音挺细,跟一只小秋蝈蝈似的。听听,唱的是什么?

郎在东来妾在西,
少小两个不相离。

自从接了媒红订,
朝朝相遇把头低。
低头莫碰豆花架,
一碰露水湿郎衣。

唔?

张大眼听得真真的,有腔有字。是怎么回事?

张大眼四处这么一找:是一个小小婴儿,两寸来长,眉清目秀、唇红齿白,穿一个红兜兜,光着屁股,笑嘻嘻的,在豆花穗上一趄一趄地跳。张大眼再一看,原来这小人的颈子上拴着一根头发丝,头发丝扣在豆花棚缝里的芦苇杆上,他跑不了,只能一趄一趄地跳。张大眼心想:这是个樟柳神!他看看路边的茅屋:一定有个会法术的人在屋里睡觉,昨天晚上把樟柳神拴在这儿,让他吃露水。张大眼听人说过樟柳神,这一定就是!他听说过,樟柳神能未卜先知,有什么事将要发生,他早就料到。捉住他,可以消灾免祸。于是张大眼掐断了头发丝,把樟柳神藏在袖

新笔记小说三篇

子里,让他在手腕上呆着。

可樟柳神不肯老实呆着,老是一蹦一蹦的。张大眼就把他取出来,放在斗笠里,戴在头上。这一下,樟柳神安生了,不蹦了,只是小声地说话:

张大眼,
好大胆,
捉住咱,
一千铜钱三十板。

张大眼想:这才是没影子的事!钱粮如数催齐,我身无过犯,会挨三十板?不理他!他把斗笠按了按,低着头噌噌噌噌往城里走。

不想刚进城,听得一声大喝:

"拿下!"

张大眼瞪着两只大眼。

原来这天是初一,县官王老爷出城到东岳庙行香。张大眼早晨冒了,懵里懵懂,一头撞在喝道的锣夫的身上,把锣夫撞了个仰八叉,哐啷一声,锣也甩出去老远。王老爷推开轿帘,问道:"什么人?"衙役们七手八脚把张大眼摁倒在地。张大眼不知道咋的,一句话也回不出来,只是不停地喘气,大汗珠子直往下掉。"看他神色慌张,必定不是好人。来!打他三十板!"衙役褪下张大眼的裤子,张大眼趴在大街上,哈哈大笑。"你笑什么?打你屁股,你不怕疼,还笑?"张大眼说:"我早知道今天要挨三十个板子。"——"你怎么知道?"张大眼于是把他怎么催租,怎么路过秋稼湾,怎么在豆花棚上看到一个樟柳神,樟柳神是怎么怎么说的,一五一十,说了个备细。

"你有樟柳神?"

"有。"

"呈上来!"

县太爷把樟柳神放在轿子里的伏手板上,樟柳神直跟他点头招手,笑嘻嘻的。

"樟柳神归我了。来,赏他——你叫什么?"

"张大眼。"

"赏张大眼一千铜钱!"

"禀老爷,樟柳神爱在斗笠里呆着。"

"那成,我让他呆在我的红缨大帽里。——起轿!"

"喳!"

王老爷得了樟柳神,心想:这可好了,我以后审案子,不管多么疑难,只要问他,是非曲直,一断便知。我一向有些糊涂,从今以后,清如水,明如镜,这锦绣前程么,是稳拿把掐的了!

于是每次升堂,都在大帽里藏着樟柳神。不想樟柳神一声不言语。

王老爷退堂,问樟柳神:

"你怎么不说话?"

樟柳神说:

老爷去审案,
按律秉公断。
问我樟柳神,
要你做什么?——吃饭?

当县官的，最关心的是官场的浮沉升降，乃至变法维新，国家大事。王老爷对自己的进退行止，拿不定主意，就请问樟柳神。樟柳神说：

大事我了然，
就是不说破。
问我为什么，
我也怕惹祸。

"你是神，你还怕惹祸？"

"瞧你说的！神就不怕惹祸？神有神的难处。"

樟柳神倒也不闲着，随时向王老爷报一些事。

一早起来，说：

清早起来雾漫漫，
黑鸡下了个白鸡蛋。

新笔记小说三篇 239

到了前半晌,说:

  黄牛角,
  水牛角,
  牛打架,
  角碰角。

到快中午了,说:

  一个面铺面冲南,
  三个老头来吃面。
  一个老头吃半斤,
  三个老头吃斤半。

到了夜晚,王老爷困得不得了,摘下了大帽,歪靠在榻上,迷迷糊糊睡着了,听见樟柳神在大帽里又说又唱:

  唧唧唧,啾啾啾,

老鼠来偷油。

乒乒乓乓——噗，

吱溜！

王老爷一激灵，醒了。

"乒乒乓乓？"

"猫来了，猫追老鼠。"

"噗？"

"猫追老鼠，碰倒了油瓶，——噗！"

"吱溜？"

"老鼠跑了。"

樟柳神老是在王老爷耳朵根底下说这些少盐没醋的淡话，没完没了，弄得王老爷实在烦得不行，就从大帽下面把他捏出来，摔到窗外。

不想，一会儿就又听到帽子底下一趔一趔地蹦。老爷掀开大帽：

"你怎么又回来啦？"

"请神容易送神难。"

"你是不是要跟着我一辈子？"

"那没错！"

〔**附记**〕

宣鼎，号瘦梅，安徽天长人，生活于同光间，曾在我的故乡高邮住过，在北市口开一家书铺，兼卖画。我的祖父曾收得他的一幅条山。《夜雨秋灯录》是他的主要的笔记小说。也许因为他是高邮隔湖邻县的文人，又在高邮住过，所以高邮人不少看过他的这本书。《夜雨秋灯录》的思想平庸，文笔也很酸腐，只有这篇《樟柳神》却很可喜，樟柳神所唱的小曲尤其清新有韵致。于是想起把这篇东西用语体文重写一遍。前面一部分基本上是按原文翻译，结尾则以己意改作。这样的改变可能使意思过于浅露、少蕴藉了。

一九九一年六月三十日

牛飞

(据《聊斋志异》)

彭二挣买了一头黄牛。牛挺健壮，彭二挣越看越喜欢。夜里，彭二挣做了个梦，梦见牛长翅膀飞了。他觉得这梦不好，要找人详这个梦。

村里有仨老头，有学问，有经验，凡事无所不知，人称"三老"。彭二挣找到三老，三老正在丝瓜架底下抽烟说古。三老是：甲、乙、丙。

彭二挣说了他做了这样一个梦。

甲说："牛怎么会飞呢？这是不可能的事！"

乙说："这也难说。比如说，你那牛要是得了瘟，死了，或者它跑了，被人偷了，你那买牛的钱不是白扔了？这不就是飞了？"

丙是思想最深刻的半大老头，他没十分注意听彭二挣说他的梦，只是慢悠悠地说："啊，你有一头牛？……"

彭二挣越想越嘀咕，决定把牛卖了。他把牛牵到牛市上，豁着赔了本，贱价卖了。卖牛得的钱，包在手巾里，怕丢了，把手巾缠在胳臂上，往回走。

走到半路，看见路旁豆棵里有一只鹰，正在吃一只兔子，已经吃了一半，剩下半只，这鹰正在用钩子嘴叼兔子内脏吃，吃得津津有味。彭二挣轻手轻脚走过去，一伸手，把鹰抓住了。这鹰很乖驯，瞪着两只黄眼珠子，看着彭二挣，既不鸹人，也没有怎么挣蹦。彭二挣心想：这鹰要是卖了，能得不少钱，这可是飞来的外财。他把胳臂上的手巾解下来，用手巾一头把鹰腿拴紧，架在左胳臂上，手巾、钱，还在胳臂上缠着。怕鹰挣开手巾扣，便老是用右手把着鹰。没想到，飞来一只牛虻，在二挣颈子后面猛叮了一口，彭二挣伸右手拍牛虻，拍了一手血。就在这工夫，鹰带着手巾飞了。

彭二挣耷拉着脑袋往回走，在丝瓜棚下又遇见了三老，他把事情的经过，前前后后，跟三老一说。

三老甲说："谁让你相信梦！你要不信梦，就没事。"

乙说："这是天意。不过，虽然这是注定了的，但也是咎由自取。你要是不贪图外财，不捉那只鹰，鹰怎么会飞了呢？牛不会飞，而鹰会飞。鹰之飞，即牛之飞也。"

半大老头丙曰：

"世上本无所谓牛不牛，自然也即无所谓飞不飞。无所谓，无所谓。"

一九九一年七月八日

虎二题

——《聊斋》新义

老虎吃错人

山西赵城有一位老奶奶,穷得什么都没有。同族本家,都很富足,但从来不给她一点赒济,只靠一个独养儿子到山里打点柴,换点盐米,勉强度日。一天,老奶奶的独儿子到山里打柴,被老虎吃了。老奶奶进山哭了三天,哭得非常凄惨。

老虎在洞里听见老奶奶哭,知道这是它吃的那人的老母亲,老虎非常后悔。老虎心想:老虎吃人,本来不错。老虎嘛,天生是要吃人的。如果吃的是坏人——强人,恶人,专门整人的人,那就更好。可是这回吃的是一个穷老奶奶的儿子,真是不应该。我吃了她儿子，她还怎么活呀？老奶奶哭得呼天抢地，老虎听得也直掉泪。

老奶奶哭了三天，愣了一会，说:"不行！我得告它去！"

老奶奶到了县大堂，高喊"冤枉！"

县官升堂，问老奶奶："告什么人？"

"告老虎！"

"告老虎？"

老奶奶把老虎怎么吃了她的独儿子，哭诉了一遍。这位县官脾气倒挺好，笑笑地对老奶奶说："我是县官，治理一方，我可管不了老虎呀！"

"你不管老虎，只管黄鼠狼？"

衙役们一齐吼叫：

"喊！不要胡说！"

衙役们要把老奶奶轰下堂，老奶奶死活不走，拍着县大堂的方砖地，又哭又闹。县官叫她闹得没有办法，只好说："好好好，我答应你，去捉这只老虎。"这老奶奶还挺懂衙门里的规矩，非要老爷发下火签拘票不可。县官只好填了拘票，掣出一支火签。可是，叫谁去呀？衙役们你看看我，我看看你，并无一人应声。有一个衙役外号二百五，做事缺心眼，还爱喝酒，这天喝得半醉了，站出来说："我去！"二百五当堂接了火签拘票，老奶奶才走。县官退堂，不提。

二百五回家睡了一觉，酒醒了，一摸枕头旁边的火签拘票："唔？我又干了什么缺心眼的事了？"二百五的心思，原想做一出假戏，把老奶奶糊弄走，好给老爷解围，没想到这火签拘票是动真格的官法，开不得玩笑的。拘票上批明了比限日期，过期拘不到案犯，是要挨板子的。无奈，只好求老爷派几名猎户陪他一块进山，日夜在山谷里猫着，希望随便捕捉一只老虎，就可以搪塞过去。不想过了一个月，也没捉到一根老虎毛。二百五不知挨了多少板子，屁股都打烂了，只好到东门外岳庙去给东岳大帝烧香跪拜，求东岳大帝庇佑，一边说，一边哭。哭拜完了，转过身，看见一只老虎从外面走了进来。二百五怕老虎吃他，直往后退。咳，老虎进来，往门当中一蹲，一动不动，不像要吃人的样子。二百五乍着胆子,问:"是是是你吃了老奶奶奶奶的儿儿儿子吗?"老虎点点头。"是你吃了老奶奶的儿子,你就低下脑袋,让我套上铁链,跟我一起去见官。"老虎果然把脑袋低了下来。二百五抖出铁链,给老虎套上,牵着老虎到了县衙。

县官对老虎说:"杀人偿命,律有明文。你是老虎,我不能判你个斩立决、绞监候。不过,你吃了老奶奶的独儿子,叫她怎么生活呢?这么着吧,你如果能当老奶奶的儿子,负责赡养老人,我就判你个无罪释放。"老虎点点头。县官叫二百五给它松了铁链,老虎举起前爪冲县官拜了一拜,走了。

老奶奶听说县官把老虎放了,气得一夜睡不着。天亮开门,看见门外躺着一头死鹿。老奶奶把鹿皮鹿肉鹿角卖了,得了不少钱。从此,隔个三五天,老虎就给老奶奶送来一头狍子、一头獐子、一头麂子。老奶奶知道老虎都是天不亮送野物来,就开门等着它。日子长了,就熟了。有时老虎来了,老奶奶就对老虎说:"儿你累了,躺下歇会吧。"老虎就在房檐下躺下。人在屋里躺着,虎在屋外躺着,相安无事。

街坊邻居知道老奶奶家躺着老虎,都不敢进来,只有二百五敢来。他和老虎混得很熟,二百五跟它说点什么,老虎能懂。老虎心里想什么,动动爪子,摇摇尾巴,二百五也能明白。

老奶奶攒了不少钱,都放在一口白木箱子里。老奶奶对老虎说:"这钱是你挣的!"老虎笑了,点点头。

老奶奶死了。

二百五来了,老虎也来了。

老虎指指那口白木箱,示意二百五抱着。二百五不知道要他去干什么。老虎咬着他的衣角,走到一家棺材铺,指指。二百五明白了,它要给老娘买口棺材。二百五照办了。老虎又咬着二百五的衣角,二百五跟着它走。走到一家泥瓦匠门前,老虎又指指。二百五明白了,它要给老娘修一座坟。二百五也照办了。

老虎对二百五拱拱前爪,进山了。

箱子里还剩不少钱,二百五不知道怎么处置,除了给自己买一瓶汾酒，喝了，其余的就原数封存在老奶奶的屋里。

老奶奶安葬时倒很风光，同族本家：小叔子、大伯子、八侄儿、九外甥披麻戴孝，到坟墓前致礼尽哀。致礼尽哀之后，就乱打了起来。原来他们之来，是知道老奶奶留下不少钱，来议论如何瓜分的。瓜分不均，于是动武。

正在打得难解难分，听得"呜——喝"一声，全都吓得四散奔逃：老虎来了。老虎对这些小叔子、大伯子、八侄儿、九外甥，每一个都尽到了礼数，平均对待，在每个人小腿上咬了一口。

剩下的钱做什么用处呢？二百五问老虎。老虎咬着他的衣角，到了一家银匠铺，指指柜橱里挂着的长命锁。

"你，要，打，一，副，长，命，锁？"

老虎点点头。

"锁上錾什么字？——'长命百岁'？"

老虎摇摇头。

"那么，'永锡遐昌'？"

老虎摇摇头。

"那錾什么字？"

老虎比划了半天，二百五可作了难，左思右想，豁然明白了，问老虎：

"给你錾四个字：'专吃坏人'？"

老虎连连点头。

银匠照式做好。二百五给老虎戴上。

呜唱一声，老虎回山了。

从此，凡是自己觉得是坏人的人，都不敢进这座山。

人变老虎

太原向杲，不好学文，而好习武，为人仗义，爱打抱不平。和哥哥向晟感情很好。向晟是个柔弱书生。但因为有这样一个弟弟，在地方上也没人敢欺负他。

向晟和一个妓女相好。这个妓女名叫波斯，长得甭提多好看了。向晟想娶波斯,波斯也愿嫁向晟,只是因为波斯的养母要的银子太多,两人未能如愿。一年二年,波斯的养母年纪也大了,想要从良,要从良,得把波斯先嫁出去。有个庄公子,有钱有势,不但在太原,在整个山西也没人敢惹他。庄公子一向也喜欢波斯,愿意纳她为妾。养母跟波斯商量。波斯说:"既是想一同跳出火坑,就该一夫一妻地过个正经日子。这就是离了地狱进天堂了。若是做一房妾,那跟当妓女也差不了一萝卜皮,我不愿意。"——"那你的意思?"——"您要是还疼我,肯随我的意,那我嫁向晟!"养母说:"行!我把身价银子往下压压。"养母把信儿透给向晟,向晟竭尽家产,把波斯聘了回来。新婚旧好,恩爱非常。

庄公子听说波斯嫁了向晟,大发雷霆。一来,他喜欢波斯;二来,一个穷书生夺了他看中的人,他庄公子的面子往哪搁?一天,庄公子骑着高头大马,带领一帮家丁,出城行猎。家丁一手拿着笛竿吹管,一手提着马棒——驱赶行人给公子让路。浩浩荡荡，好不威风。将出城门，迎面碰见向晟。庄公子破口大骂：

"向晟，你胆敢娶了波斯，你问过我吗？"

"我愿娶，她愿嫁，与别人无干。"

"你小子配吗？"

"我家世世代代，清清白白，咋不配？"

"你小子还敢犟嘴！"

喝令家丁："给我打！"

家丁举起马棒，把向晟打得头破血流，鼻青脸肿。抬回家来，只剩一口气。

向杲听到信，赶奔到哥哥家里，向晟已经断气，新嫂子波斯伏在尸首上大哭。

向杲写了状子，告庄公子。县署府衙，节节上告。不想县尊府尹全都受了庄家的贿赂，告他不倒。

向杲跪倒在向晟灵前，说："哥哥，兄弟对不起你！"

波斯在一旁，说：

"这仇，咱们就这么咽下去了？你平时行侠仗义的,怎么竟这样没有能耐!我要是男子汉,我就拿把刀宰了他!"向杲眼珠子转了几转,一跺脚,说:"嫂子,你等着!我要是不把这小子的脑袋切下来,我就再不见你的面!"

向杲揣了一把蘸了见血封喉的毒药的匕首,每天藏伏在山路旁边的葛针棵里,等着庄公子。一天两天,他的行迹渐渐被人识破。庄公子于是每次出来,都多带家丁护卫,又请了几位出名的武师当保镖,照样耀武扬威,出城打猎。而且每到林莽丛杂之处,还要大声叫阵:

"向杲,你想杀我,有种的,你出来!"

向杲肺都气炸了。但是,无计可施。他还是每天埋伏,等待机会。

一天,山里下了暴雨,还夹着冰雹,打得向杲透不过气来。不远有一破破烂烂的山神庙,向杲到庙里暂避。一进门,看见神庙后的墙上画着一只吊睛白额猛虎,向杲发狠大叫:

"我要是能变成老虎就好了!"

"我要是能变成老虎就好了!"

"我要是能变成老虎就好了！"

喊着喊着，他觉得身上长出毛来，再一看，已经变成一只老虎。向杲心中大喜。

过不两天，庄公子又进山打猎。向杲趴在山洞里，等庄公子的人马走近，突然蹿了出来，扑了上去，一口把庄公子的脑袋咬下来，咔嚓咔嚓，嚼得粉碎，然后"呜"一声，穿山越涧而去，倏忽之间，已无踪影。

向杲报了仇，觉得非常痛快，在山里蹦蹦跳跳，倒也自在逍遥。但是他想起家中还有老婆孩子，我成了老虎，他们咋过呀？而且他非常想喝一碗醋。他心想：不行，我还得变回去，我还得变回去，我还得变回去。想着想着，他觉得身上的毛一根一根全都掉了。再一看，他已经变成一个人了，他还是向杲。只是做了几天老虎，非常累，浑身没有一点力气。

向杲摇摇晃晃，扶墙摸壁，回到自己家里。进了门，到柜橱里搬出醋缸子，咕嘟咕嘟喝了一气，然后往床上一躺。

家里人正奇怪,他失踪了好多天,上哪儿去了?问他,他说不出话,只摆摆手,接着就呼呼大睡。

一连睡了三天。

波斯听说兄弟回来了,特地来看看,并告诉他,庄公子脑袋被一只老虎咬掉了。向杲叫家里人关上门,悄悄地说:"老虎是我。我变的。千万不敢说出去!可不敢①!"

日子久了,向杲有个小儿子,跟他的小伙伴们说:"庄公子的脑袋是我爸爸咬掉的。"

庄公子的老太爷知道了,写了一张状子,到县衙告向杲,说向杲变成老虎,咬掉他儿子的脑袋。县官阅状,觉得过于荒诞,不予受理。

一九九一年十月十二日

---

① 山西话"不敢"是"不能"的意思。

黄开榜的一家

黄开榜不是本地人,他是山东人。原来是当兵的,开小差下来之后,在当地落住脚。

他没有固定的职业,年轻时吹喇叭。这是一种细长颈子的紫铜喇叭,长五六尺,只能吹一个音:嘟——。早年间迎亲、出殡都有两种东西,一是长颈喇叭,二是铁铳。花轿或棺柩前面是吹鼓手,吹鼓手的前面是喇叭,喇叭起了开路的作用。黄开榜年轻中气足,一口气可以吹得很长。这喇叭的声音很不好听,尖锐刺耳。后来就没有什么人家用了。铁铳也废了。太响了,震得人耳朵疼。

没有人找黄开榜吹喇叭了,他又干了一种新的营生,当"催租的"。有些中小地主,在乡下置了几亩地,租给人种。这些家业不大的地主,无权无势，有的佃户就欺负他们，租子拖欠不交。地主找黄开榜去催。黄开榜去了，大喊大叫，要吃要喝，赖着不走，有时甚至找个枕头睡在人家里。这家叫他罗嗦得受不了啦，就答应哪天交齐。黄开榜找村里的教书先生或庙里的和尚帮这家立个保单："立保单人某某某所欠某府名下租子若干准于某月日如数交清恐口无凭证立此保单是实"。黄开榜拉过佃户的右手，盖了一个手印，喝了一大碗米汤，走人。地主拿到保单，总得给黄开榜一点酒钱。

黄开榜还有一件拿不到钱，但是他很乐意去干的事，是参加"评理"。两家闹了纠纷，就约了街坊四邻、熟人朋友，到茶馆去评理，请大家说说公道话，分判是非曲直。评理的结果大都是调停劝解，大事化小，彼此不再记仇。两家评理，和黄开榜本不相干，谁也没有请他，他自己搬张凳子，一屁股就坐了下来，咋长六七，瞎掺和。他嗓门很大，说起话来唾沫星子乱喷，谁都离他远远的。他一面大声说话，一面大口吃包子。这地方吃茶都要吃包子，评理的尤不能缺。他一人能把一笼包子——十六个,全吃了。灌下半壶酽茶,走人。这十六个包子可以管他一天,晚饭只要喝一碗"采子粥"——碎米加剁碎了的青菜煮的粥,本地叫做"采子粥"。

他的老婆倒是本地人。据说年轻时很风流,她为什么跟了黄开榜呢?本地有个说法:"要称心,嫁大兵"。这里所谓"称心"指的是什么,本地人都心领神会。她后来上了岁数,看不出风流不风流,但身材还是匀称的,既不肥胖臃肿,也不骨瘦如柴,精精干干、利利索索。

她生过五个孩子。

头胎是个男孩。不知道为什么,孩子生下来,就送给一个姓薛的裁缝。头胎儿子就送了人,谁也不知道什么原因。这孩子姓了薛,从小跟薛裁缝学裁缝,现在已经很大了,能挣钱了。薛黄两家离得很近,薛家在螺蛳坝,黄家在越塘,几步就到了,但是两家不来往。这个姓了薛的裁缝从来没有来看过他的生身父母。

黄开榜的二儿子不知到哪里去了。也许在外面当兵，也许在大船上撑篙拉纤。也许已经死了。他扔下一个媳妇。这二媳妇是个圆盘脸，头发浓黑，梳了一个很大的"牛屎粑粑"头。她长得很肉感。越塘一带人的语言里没有"肉感"这个词儿，便是街面上的生意人也不会说这个词儿，只有看过美国电影的洋学生才用这个词儿。但这词儿用在她身上非常合适。越塘一带人有更放肆的说法。小曲里唱道："白掇掇的奶子粉撮撮的腰"，她无不具备。男人走了，她靠"挑箩把担"维持衣食。自从和毛三"靠"上了，就很少挑箩了。

毛三是个开青草行的。用一只船停在越塘岸边收购青草。姑娘小子割了青草卖给他，当时付钱。船上青草满了，就整船交给乡下人。乡下人把青草和河泥拌匀，在东门外护城河边的空地上堆成一个一个长方形的墩子，用铁锹把表面拍实，让青草发酵。到第二年栽秧，这便是极好的肥料。夏天，天才蒙蒙亮，就听见毛三用极高极脆的声音拉长音吆喝："噢草来——"。"噢"是土音，意思是约分量。收草季节过了，他就做别的生意，收荸荠，收菱。

因此他很有几个钱。

毛三的眼睛有毛病，迎风掉泪，眼边常是红红的，而且不住地眨巴。但是他很风流自在，留着一个中分头。他有个外号叫"斜公鸡"。公鸡"踩水"——就是欺负母鸡，在上母鸡身之前，都是耷下一只翅膀，斜着身子跑过来，然后纵身一跳，把母鸡压在下面。毛三见到女人，神气很像斜着身子的公鸡。

毛三靠了黄开榜的二媳妇，越塘无人不晓。大白天，毛三"噢"过草，就走进二媳妇的门。二媳妇是单过的，住西屋。——黄开榜一家住朝南的正屋。大概过了一个半小时，毛三开门出来，样子像是踩过水的公鸡，浑身轻松。二媳妇跟着出来，也像非常满足。毛三上茶馆吃茶，二媳妇拿着淘箩去买米。

黄开榜的三儿子是这家的顶门柱。他小名叫三子，越塘人都叫他三子。他是靠肩膀吃饭的。每天挑箩，他总能比别人多挑两担。他为人正气，越塘人都尊重他。他不吃烟，不喝酒，不赌钱，不打架。他长得一表人才，邻居都说他不像黄家人。但是他和越塘的姑娘媳妇从不勾勾搭搭，简直是目不斜视。越塘的姑娘愿意嫁给三子的很多，三子不为所动。三子为了多挣几个钱，常到离城稍远的五里坝、马棚湾这些地方去挑谷子，有时一去两三天。

黄开榜的四儿子是个哑巴。

最后生的是个女儿，是个麻子，都叫她"麻丫头"。

哑巴和麻丫头也都能挑箩了，挑半担，不用箩筐，用两个柳条编的笆斗。

这样，黄开榜家的日子还算能过得下去。饭自然吃得简单，红糙米饭，青菜汤。哑巴有时摸点泥鳅，捞点螺蛳。越塘有时有卖呛蟹的来，麻丫头就去买一碗。很小的螃蟹，有的地方叫蟛蜞，用盐腌过，很咸。这东西只是蟹壳没有什么肉，偶有一点蟹黄，只是喺喺味道而已，但是很下饭。

越塘的对面是一片菜园，更东去是荒地。黄开榜的老婆每年在荒地上种一片蚕豆。蚕豆嫩的时候摘了炒炒吃，到秋后，蚕豆老了，豆荚发黑了，就连豆秸拔下，从桥上拖过河来，——越塘有一道简易的桥，只是两根洋松木方子搭在两岸，把豆秸晒在了裁缝门前的路上，让来往行人去踩，把豆荚踩破，豆粒脱出。干蚕豆本来准备过冬没菜时煮了吃的，不到过冬，就都叫麻丫头炒炒吃掉了。

越塘很多人家无隔宿之粮，黄开榜家常是吃了上顿计算下顿。平常日子总有点法子，到了连阴下雨，特别是冬天下大雪，挑箩把担家的真是揭不开锅了。逢到这种时候，黄开榜两口子就吵架，黄开榜用棍子打老婆——打的是枕头。吵架是吵给街坊四邻听的，告诉大家：我们家没有一颗米了。于是紧隔壁邻居丁裁缝就自己倒了一升米，又跟邻居"告"一点，给黄家送去，这才天下太平。丁裁缝是甲长，这种事情他得管。

黄开榜忽然异想天开，搞了一个新花样：下神。黄开榜家对面，有一家杨家香店的作坊。作坊接连两年着火，黄开榜说这是"狐火"，是胡大仙用尾巴在香面上蹭着的。他找了一堆断砖，在香店作坊墙外砌了一个小龛子，里面放一个瓦香炉。胡大仙附了他的体了，就乱蹦乱跳，乱喊乱叫起来，关云长、赵子龙、孙悟空、猪八戒、宋公明、张宗昌……胡说八道一气。居然有人相信他这胡大仙，给胡大仙上供：三个鸡蛋、一块豆腐。这供品够他喝二两酒。

三子从五里坝领回了一个新媳妇。他到五里坝挑稻子，这女孩子喜欢他，就跟来了。这是一个农民家的女儿，虽然和一个见了几次面的男人私奔（她是告诉过爹妈的），却是一个很朴素的女孩子。她宽肩长腿，大手大脚，非常健康。眼睛很大，看人的时候显得很纯净坦诚，不像城市贫民的女儿有点狡猾，有点淫荡。她力气很大，挑起担子和三子走得一样快。她认为自己选择了三子选对了；三子也觉得他真拣到了一个好老婆。新媳妇对越塘一带的风气看不惯。她看不惯老公爹装神弄鬼，也看不惯二嫂子偷人养汉。枕头上对三子说："这算怎么回事？这不像一户正经人家！"她和三子合计，找一块地方，盖三间草房，和他们分开，另过。三子同意。

黄开榜生病了。

越塘一带人，尤其是黄开榜一家，是很少生病的。生病，也不请医吃药。有点头疼脑热，跑肚拉稀，就到汪家去要几块霉糕。汪家老太太过年时蒸糕，总要留下一簸箩，让它长出霉斑，施给穷人，黄开榜的老婆在家里有人生病时就去要几块霉糕，煮汤喝下去，病就好了。霉糕治病，是何道理？后来发明了盘尼西林，医学界说霉糕其实就是盘尼西林。那么汪家老太太可称是盘尼西林的首先发明者。

黄开榜吃了霉糕汤，不见好。

一天大清早，黄家传出惊人的哭声：黄开榜死了。

丁裁缝拿了绿簿到街里店铺中给黄开榜化了一口薄皮材。又自己出钱，买了白布，让黄家人都戴了孝。

黄开榜的大儿子，已经姓薛的裁缝赶来给黄开榜磕了三个头，留下十块钱给他的亲生母亲，走了，没说一句话。

三子和三媳妇用两根桑木扁担把黄开榜的薄皮材从洋松木方的简易桥上抬过越塘,要埋到种蚕豆的荒地旁边。哑巴把那支紫铜长颈喇叭找出来,在棺材前使劲地吹:"嘟——"。

一九九三年五月二十八日

仁慧

仁慧是观音庵的当家尼姑。观音庵是一座不大的庵。尼姑庵都是小小的。当初建庵的时候,我的祖母曾经捐助过一笔钱,这个庵有点像我们家的家庵。我还是这个庵的寄名徒弟。我小时候是个"惯宝宝",我的母亲盼我能长命百岁,在几个和尚庙、道士观、尼姑庵里寄了名。这些庙里、观里、庵里的方丈、老道、住持就成了我的干爹。我的观音庵的干爹我已经记不得她的法名,我的祖母叫她二师父,我也跟着叫她二师父。尼姑则叫她"二老爷"。尼姑是女的,怎么能当人家的"干爹"?为什么尼姑之间又互相称呼为"老爷"?我都觉得很奇怪。好像女人出了家,性别就变了。

二师父是个面色微黄的胖胖的中年尼姑,是个很忠厚的人，一天只是潜心念佛，对庵里的事不大过问。在她当家的这几年，弄得庵里佛事稀少，香火冷落，房屋漏雨，院子里长满了荒草，一片败落景象。庵里的尼姑背后管她叫"二无用"。

二无用也知道自己无用，就退居下来，由仁慧来当家。

仁慧是个能干人。

二师父大门不出，仁慧对施主家走动很勤。谁家老太太生日，她要去拜寿。谁家小少爷满月，她去送长命锁。每到年下，她就会带一个小尼姑，提了食盒，用小磁坛装了四色咸菜给我的祖母送去。别的施主家想来也是如此。观音庵的咸菜非常好吃，是风过了再腌的，吃起来不是苦咸苦咸，带点甜味。祖母收了咸菜，道一声："叫你费心。"随即取十块钱放在食盒里。仁慧再三推辞，祖母说："就算是这一年的灯油钱。"

仁慧到年底，用咸菜总能换了百十块钱。

她请瓦匠来检了漏，请木匠修理了窗槅。窗槅上尘土堆积的槅扇纸全都撕下来，换了新的。而且把庵里的全部亮槅都打开,说:"干吗弄得这样暗无天日!"院子里的杂草全锄了,养了四大缸荷花。正殿前种了两棵玉兰。她说:"施主到庵堂寺庙,图个幽静。荒荒凉凉的,连个坐坐的地方都没有,谁还愿意来烧香拜佛?"

我的祖母隔一阵就要到观音庵看看。她的散生日都是在观音庵过的。每一次都是由我陪她去。

祖母和二师父在她的禅房里说话,仁慧在办斋,我就到处乱钻。我很喜欢到仁慧的房里去玩,翻翻她的经卷,摸摸乌斯藏铜佛,掐掐她的佛珠,取下马尾拂尘挥两下。我很喜欢她的房里的气味。不是檀香,不是花香,我终于肯定,这是仁慧肉体的香味。我问仁慧:"你是不是生来就有淡淡的香味?"仁慧用手指点了一下我的额头,说:"你坏!"

祖母的散生日总要在观音庵吃一顿素斋。素斋最好吃的是香蕈饺子。香蕈(即冬菇)汤,荠菜、香干末作馅,包成薄皮小饺子,油炸透酥,倾入滚开的香蕈汤,嗤啦有声,以勺舀食,香美无比。

仁慧募化到一笔重款,把正殿修缮油漆了一

下，焕然一新，给三世佛重新装了金。在正殿对面盖了一个高敞的过厅。正殿完工，菩萨"开光"之日，请赞助施主都来参与盛典。这一天观音庵气象庄严，香烟缭绕，花木灼灼，佛日增辉。施主们全都盛装而来，长裙曳地。礼赞拜佛之后，在过厅里设了四桌素筵。素鸡、素鸭、素鱼、素火腿……使这些吃长斋的施主们最不能忘的是香蕈饺子。她们吃了之后，把仁慧叫来，问："这是怎么做的？怎么这么鲜？没有放虾籽么？"仁慧忙答："不能不能，怎能放虾籽呢！就是香蕈！——黄豆芽吊的汤。"

观音庵的素斋于是出了名。

于是就有人来找仁慧商量，请她办几桌素席。仁慧说可以，但要三天前预订，因为竹荪、玉兰片、猴头，都要事先发好。来赴斋的有女施主，也有男性的居士。也可以用酒，但限于木瓜酒、稀莶酒这样的淡酒，不预备烧酒。

二师父对仁慧这样的做法很不以为然，说："这叫做什么？观音庵是清静佛地，现在成了一个素菜馆!"但是合庵尼僧都支持她。赴斋的人多,收入的香钱就多,大家都能沾惠。佛前"乐助"的钱柜里的香钱,一个月一结,仁慧都是按比例分给大家的。至少,办斋的日子她们也能吃点有滋味的东西,不是每天白水煮豆腐。

尤其使二师父不能容忍的,是仁慧学会了放焰口。放焰口本是和尚的事,从来没有尼姑放焰口的。仁慧想:一天老是敲木鱼念那几本经有什么意思?为什么尼姑就不能放焰口?哪本戒律里有过这样的规定?她要学!善因寺常做水陆道场,她去看了几次,大体能够记住。她去请教了善因寺的方丈铁桥。这铁桥是个风流和尚,听说一个尼姑想学放焰口,很惊奇,就一字一句地教了她。她对经卷、唱腔、仪注都了然在心了,就找了本庵几个聪明尼姑和别的庵里的也不大守本分的年轻尼姑,学起放焰口来。起初只是在本庵演习,在正殿上摆开桌子凳子唱诵。咳,还真像那么回事。尼姑放焰口,这是新鲜事。于是招来一些善男信女、浮浪子弟参观。你别说,这十几个尼姑的声音真是又甜又脆,比起和尚的癞猫嗓子要好听得多。仁慧正座，穿金蓝大红袈裟，戴八瓣莲花毗卢帽，两边两条杏黄飘带，美极了！于是渐渐有人家请仁慧等一班尼姑去放焰口，不再有人议论。

观音庵气象兴旺，生机蓬勃。

解放。

土改。

土改工作队没收了观音庵的田产，征用了观音庵的房屋。

观音庵的尼姑大部分还了俗，有的嫁了人。

有的尼姑劝仁慧还俗。

"还俗？嫁人？"

仁慧摇头。

她离开了本地，云游四方，行踪不定。西湖住几天，邓尉住几天，峨嵋住几天，九华山住几天。

有许多关于仁慧的谣言。说无锡惠山一个捏泥人的，偷偷捏了一个仁慧的像，放在玻璃橱里，一尺来高，是裸体的。说仁慧有情人，生过私孩子……

有些谣言仁慧也听到了,一笑置之。

仁慧后来在镇江北固山开了一家菜根香素菜馆,卖素菜、素面、素包子,生意很好。菜根香的名菜是香蕈饺子。

菜根香站稳了脚,仁慧把它交给别人经管,她又去云游四方。西湖住几天,邓尉住几天,峨嵋住几天,九华山住几天。

仁慧六十开外了,望之如四十许人。

一九九三年七月二十一日

露水

露水好大。小轮船的跳板湿了。

小轮船靠在御码头。

这条轮船航行在运河上已经有几年,是高邮到扬州的主要交通工具。单日由高邮开扬州,双日返回高邮。轮船有三层,底层有几间房舱,坐的是县政府的科长、县党部的委员,杨家、马家等几家阔人家出外就学的少爷小姐,考察河工的水利厅的工程师。房舱贵,平常坐不满。中层是统舱。坐统舱的多是生意买卖人,布店、药店、南货店的二掌柜,给学校采购图书仪器的中学教员……给茶房一点钱,可以租用一张帆布躺椅。上层叫"烟篷",四边无遮挡,风、雨都可以吹进来。坐"烟篷"的大都自己带一块油布,或躺或坐。"烟篷"乘客,三教九流。带着锯子凿子的木匠，挑着锡匠挑子的锡匠，牵着猴子耍猴的，细批流年的江湖术士，吹糖人的，到缫丝厂去缫丝的乡下女人，甚至有"关亡"的、"圆光"的、挑牙虫的。

客人陆续上船，就来了许多卖吃食的。卖牛肉高粱酒的，卖五香茶叶蛋的，卖凉粉的，卖界首茶干的，卖"洋糖百合"的，卖炒花生的。他们从统舱到烟篷来回蹿，高声叫卖。

轮船拉了一声汽笛，催送客的上岸，卖小吃的离船。不过都知道开船还有一会。做小生意的还是抓紧时间照做，不过把价钱都减下来了一些。两位喝酒的老江湖照样从从容容喝酒，把酒喝干了，才把豆绿酒碗还给卖牛肉高粱酒的。

轮船拉了第二声汽笛，这是真要开了。于是送客的上岸，做小生意的匆匆忙忙，三步两步跨过跳板。

正在快抽起跳板的时候，有两个人逆着人流，抢到船上。这是两个卖唱的，一男一女。

男的是个细高条，高鼻、长脸，微微驼背，穿一件褪色的蓝布长衫，浑身带点江湖气，但不讨厌。

女的面黑微麻，穿青布衣裤。

男的是唱扬州小曲的。

他从一个蓝布小包里取出一个细磁蓝边的七寸盘，一双刮得很光滑的竹筷。他用右手持磁盘，食指中指捏着竹筷，摇动竹筷，发出清脆的、连续不断的响声；左手持另一只筷子，时时击盘边为节。他的一只磁盘，两只竹筷，奏出或紧或慢、或强或弱的繁复的碎响，真是"大珠小珠落玉盘"。

  姐在房中头梳手，
  忽听门外人咬狗。
  拾起狗来打砖头，
  又怕砖头咬了手。
  从来不说颠倒话，
  满天凉月子一颗星。

露水

"哪位说了：你这都是淡话！说得不错。人生在世，不过是几句淡话罢了。等人、钓鱼、坐轮船，这是'三大慢'。不错。坐一天船，难免气闷无聊。等学生给诸位唱几段小曲，解解闷，醒醒脾，冲冲瞌睡！"

他用磁盘竹筷奏了一段更加紧凑的牌子，清了清嗓子，唱道：

一把扇子七寸长，
一个人扇风二人凉。
松呀，哺呀。
呀呀子沁，
月照花墙。

手扶栏杆口叹一声，
鸳鸯枕上劝劝有情人呀。
一路闲花休要采咂，
干哥哥，
奴是你的知心着意人哪！

这是短的,他还有些比较长的,《小尼姑下山》、《妓女悲秋》。他的拿手,是《十八摸》,但是除非有人点,一般是不唱的。他有一个经摺子,上列他能唱的小曲,可以由客人点唱。一唱《十八摸》,客人就兴奋起来。统舱的客人也都挤到"烟篷"里来听。

唱了七八段,托着磁盘收钱。给一个铜板、两个铜板,不等。加上点唱的钱,他能弄到五六、七八角钱。

他唱完了,女的唱:

> 你把那冤枉事对我来讲,
> 一桩桩一件件,
> 桩桩件件对小妹细说端详。
> 最可叹你死在那麦田以内,
> 高堂上哭坏二老爹娘……

这是《枪毙阎瑞生·莲英惊梦》的一段。枪毙阎瑞生是上海实事。莲英是有名的妓女,阎瑞生是她的熟客。阎瑞生把莲英骗到郊外，在麦田里勒死了她，劫去她手上戴的钻戒。案发，阎瑞生被枪毙。这案子在上海很轰动，有人编成了戏。这是时装戏。饰莲英的结拜小妹的是红极一时的女老生露兰春。这出戏唱红了，灌了唱片，由上海一直传到里下河。几乎凡有留声机的人家都有这张唱片，大人孩子都会唱"你把那冤枉事"。这个女的声音沙哑，不像露兰春那样响堂挂味。她唱的时候没有人听，唱完了也没有多少人给钱。这个女人每次都唱这一段，好像也只会这一段。

唱了一回，客人要休息，他们也随便找个旮旯蹲蹲。

到了邵伯，有些客人下船，新上一批客人，等客人把包袱行李安顿好了，他们又唱一回。

到了扬州，吃一碗虾籽酱油汤面，两个烧饼，在城外小客栈的硬板床上喂一夜臭虫，第二天清早蹚着露水，赶原班轮船回高邮，船上还是卖唱。

扬州到高邮是下水，船快，五点多钟就靠岸了。

这两个卖唱的各自回家。

他们也还有自己的家。

他们的家是"芦席棚子"。芦笆为墙，上糊湿泥。棚顶也以"钢芦柴"（一种粗如细竹、极其坚韧的芦苇）为椽，上覆茅草。这实际上是一个窝棚，必须爬着进，爬着出。但是据说除了大雪天，冬暖夏凉。御码头下边，空地很多，这样的"芦席棚子"是不少的。棚里住的是叉鱼的、照蟹的、捞鸡头米的、串糖球（即北京所说的"冰糖葫芦"）的、煮牛杂碎的……

到家之后，头一件事是煮饭。女的永远是糙米饭、青菜汤。男的常煮几条小鱼（运河旁边的小鱼比青菜还便宜），炒一盘咸螺蛳，还要喝二两稗子酒。稗子酒有点苦味，上头，是最便宜的酒。不知道糟房怎么能收到那么多稗子做酒，一亩田才有多少稗子？

吃完晚饭，他们常在河堤上坐坐，看看星，看看水，看看夜渔的船上的灯，听听下雨一样的虫声，七搭八搭地闲聊天。

露水

渐渐的，他们知道了彼此的身世。

男的原来开一个小杂货店，就在御码头下面不远，日子满过得去。他好赌，每天晚上在火神庙推牌九，把一间杂货店输得精光。老婆也跟了别人，他没脸在街里住，就用一个盘子、两根筷子上船混饭吃。

女的原是一个下河草台班子里唱戏的。草台班子无所谓头牌二牌，派什么唱什么。后来草台班子散了，唱戏的各奔东西。她无处投奔就到船上来卖唱。

"你有过丈夫没有？"

"有过。喝醉了酒栽在大河里，淹死了。"

"生过孩子没有？"

"出天花死了。"

"命苦！……你这么一个人干唱，有谁要听？你买把胡琴，自拉自唱。"

"我不会拉。"

"不会拉……这么着吧，我给你拉。"

"你会拉胡琴？"

"不会拉还到不了这个地步。泰山不是堆的，牛×不是吹的。你别把土地爷不当神仙。告诉你说，横的、竖的、吹的、拉的，我都拿得起来。十八般武艺件件精通，——件件稀松。不过给你拉'你把那冤枉事'，还是富富有余！"

"你这是真话？"

"哄你叫我掉到大河里喂王八！"

第二天，他们到扬州辕门桥乐器店买了一把胡琴。男的用手指头弹弹蛇皮，弹弹胡琴筒子，担子，拧拧轸子，撅撅弓子，说："就是它！"买胡琴的钱是男的付的。

第二天回家。男的在胡琴上滴了松香，安了琴码，定了弦，拉了一段西皮，一段二黄，说："声音不错！——来吧！"男的拉完了原板过门，女的顿开嗓子唱了一段《莲英惊梦》，引得芦席棚里邻居都来听，有人叫好。

从此，因为有胡琴伴奏，听女的唱的客人就多起来。

男的问女的："你就会这一段？"

"你真是隔着门缝看人！我还会别的。"

"都是什么？"

"《卖马》、《斩黄袍》……"

"够了！以后你轮换着唱。"

于是除了《莲英惊梦》，她还唱"店主东，带过了，黄骠马……"，"孤王酒醉桃花宫"。当时刘鸿声大红，里下河一带很多人爱唱《斩黄袍》。唱完了，给钱的人渐渐多起来。

男的进一步给女的出主意。

"你有小嗓没有？"

"有一点。"

"你可以一个人唱唱生旦对儿戏：《武家坡》、《汾河湾》……"

最后女的竟能一个人唱一场《二进宫》。

男的每天给她吊嗓子，她的嗓子"出来"了，高亮打远，有味。

这样女的在运河轮船上红起来了。她得的钱竟比唱扬州小曲的男的还多。

他们在一起过了一个月。

男的得了绞肠痧，折腾一夜，死了。

女的给他刨了一个坟，把男的葬了。她给他戴了孝，在坟头烧钱化纸。

她一张一张地烧纸钱。

她把剩下的纸钱全部投进火里。

火苗冒得老高。

她把那把胡琴丢进火里。

首先发出爆裂的声音的是蛇皮，接着毕卜一声炸开的是琴筒，然后是担子，最后轸子也烧着了。

女的拍着坟土，大哭起来：

"我和你是露水夫妻，原也不想一篙子扎到底。可你就这么走了！

"就这么走了！

"就这么走了！

"你走得太快了！

"太快了！

"太快了！

"你是个好人！

"你是个好人！

"你是个好人哪!"

她放开声音号啕大哭,直哭得天昏地暗,树上的乌鸦都惊飞了。

第二天,她还是在轮船上卖唱,唱"你把那冤枉事对我来讲……"

露水好大。

       一九九三年七月三十一日

小姨娘

小姨娘章叔芳是我的继母的异母妹妹。她比我才大两岁。我们是同学,在同一所初中读书。她比我高一班。她读初三,我读初二。那年她十六岁,我十四。但是在家里我还是叫她小姨娘。

章家是乡下财主。他们原来在章家庄住。章家庄是一个很大的庄子。庄里有好几户靠田产致富的财主,章家在庄里是首户。后来外公在城里南门盖了一所房子,就搬到城里来了。章老头脾气很"奘",除了几家至亲(也都是他那样的乡下财主),跟谁也不来往。他和城里的上代做过官,有功名的世家绅士不通庆吊。他说:"我不巴结他们!"地方上有关公益的事情,修桥铺路、施药、开粥厂……他一毛不拔,不出一个钱。因此得了一个外号:

"章臭屎"。

章家的房子很朴实，没有什么亭台楼阁，但是很轩敞豁亮。砖瓦木料都是全新的。外公奉行朱柏庐治家格言："黎明即起，洒扫庭院，要内外整洁"。他虽然不亲自洒扫，但要督促用人。他的大厅上的箩底方砖上连一根草屑也没有。桌椅只是红木的（不是"海梅"、紫檀），但是每天抹拭，定期搽核桃油，光可鉴人。榫头稍有活动，立刻雇工修理。

章家没有花园，却有一座桑园，种的都是湖桑。又不养蚕，种那么多桑树干什么？大厅前面天井里的石条上却摆了十几盆橙子。橙子在我们那不多见。橙子结得很好，下雪天还黄澄澄的挂在枝头，叶子不落，碧绿的。

章家家规很严，我从来没有见过外公笑过。他们家的都不会喝酒。老头子生日、姑奶奶归宁、逢年过节，摆席请客，给客人预备高粱酒，——其实只有我父亲一个人喝，他们自己家的人只喝糯米做的甜酒。席上没有人划拳碰杯，宴后也没有人撒酒疯。家里不许赌钱。过年准许赌五天，但也限于掷骰子赶老羊，不许打麻将，更不许推牌九。在这个家里听不到有人大声说笑，说话声音都很低，整天都是静悄悄的。

章家人都很爱干净，勤理发，勤洗澡，勤换衣裳，什么时候都是精神饱满，容光焕发。章家的人都长得很漂亮。二舅舅、三舅舅都可称为美男子。章老头只是一张圆圆的脸，身体很健壮，外婆也不见得太好看，生的儿女却都那么出众，有点奇怪。

我们初中有两个公认为最好看的女生。一个是胡增淑，一个是章叔芳。胡增淑长得很性感，她走路爱眯着眼，扭腰，袅袅婷婷，真是"烟视媚行"。她深知自己长得好看，从镜子面前经过，反光的玻璃面前，总要放慢脚步，看看自己。章叔芳和胡增淑是两种类型。她长得很挺直，头发剪得短短的，有点像男孩子。眼睛很大，很黑，闪烁有光。她听人说话都是平视。有时眨两下眼睛，表示"哦，是这样！"或"是吗？是这样吗？"她眉宇间有一股英气，甚至流露一点野性，但不细看是看不出来的，她给人的印象还是很文静，很秀雅的。

她不知为什么会爱上了宗毓琳。

宗毓琳和他的弟弟宗毓珂都和我同班。宗家原是这个县的人，宗毓琳的父亲后来到了上海，在法租界巡捕房当了"包打听"——低级的侦探。包打听都在青红帮，否则怎么在上海混？不知道为什么宗家要把两个儿子送回家乡来读初中？可能是为了可以省一点费用。

和章叔芳同班有一个同学叫王䔒。王䔒的父亲是个吟诗写字的名士，他盖的房子很雅致。进门是一个大花园，有一片竹子。王䔒的父亲在竹丛当中盖了一个方厅——四方的厅，像一个有门有窗的大亭子。这本是王诗人宴客听雨的地方。近年诗人老去，雅兴渐减，就把方厅锁了起来，空着。宗家经人介绍，把方厅租了下来，宗家兄弟就住在方厅里。

宗家兄弟也只是初中生，不见得有特别处。他们是在上海长大的，说话有一点上海口音，但还是本地话，因为这位包打听的家里说的还是江北话。

他们的言谈举止有点上海的洋气，不像本地学生那样土。衣著倒也是布料的，但是因为是宁波裁缝做的，式样较新。颜色也不只是竹布的、蓝布的，而是糙米色的、铁灰色的。宗毓珂的乒乓球打得很好，是全校的绝对冠军。宗毓琳会写散文小说，摹仿谢冰心、朱自清、张资平、郁达夫。这在我们那个初中里倒是从来没有的。我们只会写"作文"。我们的初中有一个《初中壁报》，是学生自治会办的。每期的壁报刊头都是我画的。《壁报》是这个初中的才子的园地，大家都要看的。宗毓琳每期都在《壁报》上发表作品（抄在稿纸上，贴在一块黑板上）。宗毓琳中等身材，相貌并不太出众，有点卷发，涂了"司丹康"，显得颇为英俊。

小姨娘就为这些爱了他？

小姨娘第一次到宗毓琳住的方厅，是为了去借书，——宗毓琳有不少"新文学"的书。是由小舅舅章鹤鸣陪着去的。章鹤鸣和我同班、同岁。

第二次，是去还书。这天她和宗毓琳就发生了关系。章叔芳主动，她两下就脱了浑身衣服。两人都没有任何经验。他们的那点知识都是从《西厢记·佳期》、《红楼梦·贾宝玉初试云雨情》得来的。初试云雨，紧张慌乱。宗毓琳不停地发抖，浑身出汗。倒是章叔芳因为比宗毓琳大一岁，懂事较早，使宗毓琳渐渐安定，才能成事。从此以后，章叔芳三天两头就去宗毓琳住的方厅。少男少女，情色相当，哼哼唧唧，美妙非常。他们在屋里欢会的时候，章鹤鸣和宗毓珂就在竹丛中下象棋，给他们望风。他们的事有些同学知道了。因为王霈的同学常到王霈家去玩，怎么能会看不出蛛丝马迹？同学们见章鹤鸣和宗毓珂在外面下象棋，就知道章叔芳和宗毓琳在里面"画地图"——他们做了"坏事"，总会在被单上留下斑渍的。

没有不透风的墙。小姨娘的事终于传到外公的耳朵里。王霈的未婚妻童苓湘和章叔芳同班。童苓湘是我的大舅妈的表妹。童苓湘把章叔芳的事和表姐谈了。大舅妈不敢不告诉婆婆。外婆不敢不告诉外公。外公听了，暴跳如雷。他先把小舅舅鹤鸣叫来，着着实实打了二十界方，小舅舅什么都说了。

外公把小姨娘揪着耳朵拉到大厅上，叫她罚跪。

伤风败俗，丢人现眼……！

才十六岁……！

一个"包打听"的儿子……！

章老头抓起一个祖传的霁红大胆瓶，叭嚓一下，摔得粉碎。

全家上下，鸦雀无声。大舅舅的小女儿三三也都吓得趴在大舅妈的怀里不敢动。

小姨娘直挺挺地跪在大厅里，不哭，不流一滴眼泪，眼睛很黑，很大。

跪了一个多小时。

后来是二嫂子——我的二舅妈拉她起来，扶她到她的屋里。

二舅妈是丹阳人。丹阳是介乎江南和江北之间的地方。她是在上海商业专科学校和二舅舅恋爱，结了婚到本县来的。——我的外公对儿子的前途有他的独特的设想，不叫他们上大学，二舅、三舅都是读的商专。二舅妈是一个典型的古典美人，瓜子脸、一双凤眼，肩削而腰细。她因为和二舅舅热恋，不顾一切，离乡背井，嫁到一个苏北小县的地主家庭来，真是要有一点勇气。她嫁过来已经一年多，但是全家都还把她当作新娘子，当作客人，对她很客气。但是她很寂寞。她在本县没有亲戚，没有同学，也没有朋友，而且和章家人语言上也有隔阂，没有什么可以说说话的人。丈夫——我的二舅舅在县银行工作，早出晚归。只有二舅舅回来，她才有说有笑（他们说的是掺杂了上海话、丹阳话和本地话的混合语言）。二舅舅上班，二舅妈就只有看看小说，写写小字——临《灵飞经》。她爱吹箫，但是在这个空气严肃的家庭里——整天静悄悄的，吹箫，似乎不大合适，她带来的一枝从小吹惯的玉屏洞箫，就一直挂在壁上。她是寂寞的。但是这种寂寞又似乎是她所喜欢的。有时章叔芳到她屋里来，陪她谈谈。姑嫂二人，推心置腹，无话不谈。她是自由恋爱结婚的，对小姑子的行为是同情的，理解的，虽然也觉得她太年轻，过于任性。

二嫂子为什么敢于把章叔芳拉起来，扶到自己屋里？因为她知道公爹奈何不得，他不能冲到儿媳妇的屋里去。

章老头在外面跳脚大骂：

"你给我滚出去！滚！敢回来，我打断你的腿！"

老头气得搬了一把竹椅在桑园里一个人坐着，晚饭也不吃。

章叔芳拣了几件衣裳，打了个包袱往外走。外婆塞给她一包她攒下的私房钱，二舅妈把手上戴的一对金镯子抹下来给了她。全家送她。她给妈磕了一个头，对全家大小深深地鞠了三个躬，开了大门。门外已经雇好了一辆黄包车等着，她一脚跨上车，头也不回，走了。

第二天她和宗毓琳就买了船票，回上海。

到上海后给二嫂子来过一封信，以后就再没有消息。

初中的女同学都说章叔芳很大胆，很倔强，很浪漫主义。

过了两年，章老头生病死了，——亲戚们议

论，说是叫章叔芳气死的，二哥写信叫她回来看看，说妈很想她。

她回来了，抱着一个孩子。

她对着父亲的灵柩磕了三个头。没哭。

她在娘家住了三个月，住的还是她以前住的房，睡的是她以前睡的床。

我再看见她时她抱了个一岁多的孩子在大厅里打麻将。章老头死后，章家开始打麻将了。二哥、大嫂子，还有一个表婶。她胖了。人还是很漂亮。穿得很时髦，但是有点俗气。看她抱着孩子很熟练地摸牌，很灵巧地把牌打出去，完全像一个包打听人家的媳妇。她的大胆、倔强、浪漫主义全都没有一点影子了。

章家人很精明，他们在新四军快要解放我们家乡的前一年，把全部田产都卖了，全家到南洋去做了生意。因此他们人没有受罪，家产没有损失。听说在南洋很发财。——二舅舅、三舅舅都是学的商业专科学校，懂得做生意。

他们是否把章叔芳也接到南洋去了呢？没

听说。

　　胡增淑后来在南京读了师范，嫁了一个飞行员。飞行员摔死了，她成了寡妇。有同学在重庆见到她，打扮得花枝招展，还挺媚。后来不知怎么样了。

一九九三年七月九日

熟　藕

刘小红长得很好看,大眼睛,很聪明,一街的人都喜欢她。

这里已经是东街的街尾,店铺和人家都少了。比较大的店是一家酱园,坐北朝南。这家卖一种酒,叫佛手曲。一个很大的方玻璃缸,里面用几个佛手泡了白酒,颜色微黄,似乎从玻璃缸外就能闻到酒香。酱菜里有一种麒麟菜,即石花菜。不贵,有两个烧饼的钱就可以买一小堆,包在荷叶里。麒麟菜是脆的,半透明,不很咸,白嘴就可以吃。孩子买了,一边走,一边吃,到了家已经吃得差不多了。

酱园对面是周麻子的果子摊。其实没有什么贵重的果子,不过就是甘蔗(去皮,切段);荸荠

（削去皮，用竹签串成串，泡在清水里）。再就是百合、山药。

周麻子的水果摊隔壁是杨家香店。

杨家香店的斜对面，隔着两家人家，是周家南货店，亦称杂货店。这家卖的东西真杂。红蜡烛。一个师傅把烛芯在一口锅里一枝一枝"蘸"出来，一排一排在房椽子上风干。蜡烛有大有小，大的一对一斤，叫做"大八"。小的只有指头粗，叫做"小牙"。纸钱。一个师傅用木槌凿子在一沓染黄了的"毛长纸"上凿出一溜溜的铜钱窟窿，是烧给死人的。明矾。这地方吃河水，河水浑，要用矾澄清了。炸油条也短不了用矾。碱块。这地方洗大件的衣被都用碱，小件的才用肥皂。浆衣服用的浆面——芡实磨粉晒干。另外在小缸里还装有白糖、红糖、冰糖，南枣、红枣、蜜枣，桂圆、荔枝干、金橘饼，山楂，老板一天说不了几句话，跟人很少来往，见人很少打招呼，有点不近人情。他生活节省，每天青菜豆腐汤。有客人（他也还有一些生意上的客人）来，不敬烟，不上点心，连茶叶都不买一包，只是白开水一杯。因此有人从《百家姓》上摘了四个字，作为他的外号："白水窦章"，白水窦章除了做生意，写帐，没有什么别的事。不看戏，不听说书，不打牌，一天只是用一副骨牌"打通关"，抱着一只很肥的玳瑁猫。他并不喜欢猫。是猫避鼠。他养猫是怕老鼠偷吃蜡烛油。打通关打累了，他伸一个懒腰，走到门口闲看。看来往行人，看狗，看碾坊放着青回来的骡马，看乡下人赶到湖西歇伏的水牛，看对面店铺里买东西的顾客。

周家南货店对面是一家绒线店，是刘小红家开的。绒线店卖丝线、花边、绦子，还有一种扁窄上了浆的纱条，叫做"鳝鱼骨子"，是捆扎东西用的。绒线店卖这些东西不用尺量，而是在柜台边刻出一些道道，用手拉长了这些东西在刻出的道道上比一比。刘小红的父亲一天就是比这些道道，一面口中报出尺数："一尺、二尺、三尺……"绒线店还带卖梳头油、刨花（抿头发用）、雪花膏。还有一种极细的铜丝，是穿珠花用的，就叫做"花丝"。刘小红每学期装饰教室扎纸花，都从家里带了一篓花丝去。

刘老板夫妇就这么一个女儿，娇惯得不行，要什么给什么，给她的零花钱也很宽松。刘小红从小爱吃零嘴，这条街上的零食她都吃遍了。

但是她最爱吃的是熟藕。

正对刘家绒线店是一个土地祠。土地祠厢房住着王老，卖熟藕。王老无儿无女，孤身一人，一辈子卖熟藕。全城只有他一个人卖熟藕，谁想吃熟藕，都得来跟王老买。煮熟藕很费时间，一锅藕得用微火煮七八小时，这样才煮得透，吃起来满口藕香。王老夜里煮藕，白天卖，睡得很少。他的煮藕的锅灶就安在刘家绒线店门外右侧。

小红很爱吃王老的熟藕，几乎每天上学都要买一节，一边走，一边吃。

小红十一岁上得了一次伤寒，吃了很多药都不见效。她在床上躺了二十多天，街坊们都来看过她。她吃不下东西。王老到南货店买了蜜枣、金橘饼、山楂糕给送来，她都不吃，摇头。躺了二十多天，小脸都瘦长了，妈妈非常心疼。一天，她忽然叫妈：

"妈！我饿了，想吃东西。"

妈赶紧问：

"想吃什么？给你下一碗饺面？"

小红摇头。

"冲一碗焦屑？"

小红摇头。

"熬一碗稀粥，就麒麟菜？"

小红摇头。

"那你想吃什么？"

"熟藕。"

那还不好办！小红妈拿了一个大碗去找王老，王老说：

"熟藕？吃得！她的病好了！"

王老挑了两节煮得透透的粗藕给小红送去。小红几口就吃了一节，妈忙说："慢点！慢点！不要吃得那么急！"

小红吃了熟藕，躺下来，睡着了。出了一身透汗，觉得浑身轻松。

小孩子复原得快，休息了一个星期，就蹦蹦跳跳去上学了，手里还是捧了一节熟藕。

日子过得真快，转眼小红二十了，出嫁了。

婆家姓翟，也是开绒线店的。翟家绒线店开在北市口。北市口是个热闹地方，翟家生意很好。丈夫原是小红的小学同学，还做了两年同桌，对小红也很好。

北市口离东街不远，小红隔几天就回娘家看看，帮王老拆洗拆洗衣裳。

王老轻声问小红：

"有了没有？"

小红红着脸说："有了。"

"一定会是个白胖小子！"

"托您的福！"

王老死了。

早上来买熟藕的看看，一锅煮熟藕，还是温热的，可是不见王老来做生意。推开门看看，王老不知什么时候已经断了气。

小红正在坐月子，来不了。她叫丈夫到周家南货店送了一对"大八",到杨家香店"请"了三股香,叫他在王老灵前点一点,叫他给王老磕三个头,算是替她磕的。

王老死了,全城再没有第二个人卖熟藕。

但是煮熟藕的香味是永远存在的。

公冶长

公冶长懂鸟语。

一天，几只乌鸦在树上对公冶长说：

"公冶长，公冶长，南山有个虎拖羊。你吃肉，我吃肠。"

公冶长到南山一看，果然有只虎拖羊，他把羊装在筐筐里拖了回去，给乌鸦什么也没有留下。

过了几天，乌鸦又对公冶长说：

"公冶长，公冶长，南山又有虎拖羊。你吃肉，我吃肠。"

公冶长赶到南山，什么也没有，树下躺着一具死尸。公冶长抽身想走，走出几个差人，把公冶长打了一顿。

公冶长无法分辩，也说不清楚，只好咬着牙挨打。这是一桩无头官司,既无"苦主",也无见证。民不告,官不理,过了一阵,也就算过去了。公冶长白白挨了一顿打。从此公冶长再也不提他懂鸟语,他说:

"人话我都听不懂,懂得什么鸟语!"

名士和狐仙

杨渔隐是个怪人。怪处之一是不爱应酬。杨家在县里是数一数二的高门望族,功名奕世,很是显赫。杨渔隐的上一代曾经是一门三进士,实属难得。杨家人口多,共八房。杨家子弟彼此住得很近,都是深宅大院。门外有石鼓,后园有紫藤、木香。他们常来常往,遇有年节寿庆,都要相互宴请。上一顿的肴核才撤去,下一顿的席面即又铺开。照例要给杨渔隐送一回"知单"请大爷过来坐坐(杨渔隐是大房),杨渔隐抓起笔来画了一个字:"谢",意思是不去。他的堂兄堂弟知道他的脾气,也不再派人催请。杨渔隐住的地方比较偏僻,地名大淖大巷。一个小小的红漆独扇板扉,不像是大户人家的住处。这是一个侧门,想必是另有一座大门的，但是大门开在什么方向，却很少人知道。便是这扇侧门也整天关着，好像里面没有住人。只有厨子老王到大淖挑水，老花匠出来挖河泥（栽花用），女用人小莲子上街买鱼虾菜疏，才打开一会儿。据曾经向门里窥探过的人说：这座房子外面看起来很朴素，里面的结构装修却是很讲究的，而且种了很多花木。杨渔隐怎么会住到这么一个地方来？也许这是祖上传下来的一所别业，也许是杨渔隐自己挑中的，为了清静，可以远离官衙闹市。

杨渔隐很少出来，有时到南纸店去买一点纸墨笔砚，顺便去街上闲走一会儿，街坊邻居就可以看到"大太爷"的模样。他长得微胖，稍矮，很结实，留着一把乌黑的浓髯，双目炯炯有神。

杨渔隐不爱理人，有时和一个邻居面对面碰见了，连招呼都不打一个。因此一街人都说杨渔隐架子大，高傲。这实在也有点冤枉了杨渔隐，他根本不认识你是谁！

杨渔隐交游不广，除了几个作诗的朋友，偶然应渔隐折简相邀，到他的书斋里吟哦唱和半天，是没有人敲那扇红漆板扉的。

杨渔隐所做的一件极大的怪事，是他和女用人小莲子结了婚。

这地方把年轻的女用人都叫做"小莲子"。小莲子原来是伺候杨渔隐夫人的病的。杨渔隐的夫人很喜欢她，一见面就觉得很投缘。杨渔隐的夫人得的是肺痨，小莲子伺候她很周到，给她煎药、熬燕窝、煮粥。杨夫人没有胃口，每天只能喝一点晚米稀粥，就一碟京冬菜。她在床上躺了三年，一天不如一天。她知道没有多少日子了，就叫小莲子坐在床前的杌凳上，跟小莲子说："我不行了。我死后，你要好好照顾老爷。这样我就走得放心了。我在地下会感激你的。"小莲子含泪点头。

杨夫人安葬之后，小莲子果然对杨渔隐伺候得很周到。每天换季，单夹皮棉，全都准备好了。冬天床上铺了厚厚的稻草，夏天换了凉席。杨渔隐爱吃鱼，小莲子很会做鱼。鳊、白、鲚，清蒸、氽汤，不老不嫩，火候恰到好处。

日长无事，杨渔隐就教小莲子写字（她原来跟杨夫人认了不少字），小字写《洛神赋》，教她读唐诗，还教她做诗。小莲子非常聪明，一学就会。杨渔隐把小莲子的窗课拿给他的做诗的朋友看，他们都大为惊异，连说："诗很像那么回事，小楷也很娟秀，真是有夙慧！夙慧！"

杨渔隐经过长期考虑，跟小莲子提出，要娶她。"你跟我那么久，我已经离不开你；外人也难免有些闲话。我比你大不少岁，有点委屈了你。你考虑考虑。"小莲子想起杨夫人临终的嘱咐，就低了头说："我愿意。"

把房屋裱糊了一下，请诗友写了几首催妆诗，贴在门后，就算办了事。杨渔隐请诗友们不要把诗写得太"艳"，说："我这不是扶正，更不是纳宠，是明媒正娶地续弦，小莲子的品格很高，不可亵玩！"

杨渔隐娶了小莲子，在他们亲戚本家、街坊邻居间掀起了轩然大波。他们认为这简直是岂有此理！这是杨渔隐个人的事，碍着别人什么了？然而他们愤愤不平起来，好像有人踩了他的鸡眼。这无非是身份门第间的观念作怪。如果杨渔隐不是和小莲子正式结婚,而是娶小莲子为妾,他们就觉得这可以,这没有什么,这行!杨渔隐对这些议论纷纷、沸沸扬扬,全不理睬。

杨渔隐很爱小莲子,毫不避讳。他时常搂着小莲子的手,到文游台凭栏远眺。文游台是县中古迹,苏东坡、秦少游诗酒留连的地方,西望可见运河的白帆从柳树梢头缓缓移过。这地方离大淖很近,几步就到了。若遇到天气晴和,就到西湖泛舟。有人说:"这哪里是杨渔隐,这是《儒林外史》里的杜少卿!"

杨渔隐忽然得了急病。一只筷子掉到地上,他低头去捡,一头栽下去就没有起来。

小莲子痛不欲生,但是方寸不乱,她把杨渔隐的过继侄子请来,商量了大爷的后事。根据杨渔隐生前的遗志,桐棺薄殓,送入杨氏祖茔安葬,不在家里停灵送走了大爷,小莲子觉得心里空得很。她整天坐在杨渔隐的书房里,整理大爷的遗物:藏书法帖、古玩字画,蕉叶白端砚、田黄鸡血图章,特别是杨渔隐的诗稿,全部装订得整整齐齐,一首不缺。

小莲子不见了!不知道她是什么时候走的。厨子老王等了她几天,也不见她回来。老花匠也不见了。老王禀告了杨渔隐的过继侄儿,杨家来人到处看了看,什么东西都井井有条,一样不缺。书桌上留下一把泥金折扇,字是小莲子手写的。"奇怪!"杨家的本家叔侄把几扇房门用封条封了,就带着满脸的狐疑各自回家。厨子老王把泥金扇偷偷掖了起来,倒了一杯酒,反复看这把扇子,他也说:"奇怪!"

老王常在晚上到保全堂药铺找人聊天。杨家出了这样的事,他一到保全堂,大家就围上他问长问短。老王把他所知道的一五一十都说了。还把那把折扇拿出来给大家看。

座客当中有一个喜欢白话的张汉轩,此人走南闯北,无所不知,是个万事通。他把小莲子写的泥金折扇拿在手里翻来覆去地看,一边摇头晃脑,说:"好诗!好字!"大家问他:"张老,你对杨家的事是怎么看的?"张汉轩慢条斯理地说:"他们不是人。"——"不是人?"——"小莲子不是人。小莲子学做诗,学写字,时间都不长,怎么能得如此境界?诗有点女郎诗的味道,她读过不少秦少游的诗,本也无足怪。字,是玉版十三行,我们县能写这种字体的小楷的,没人!老花匠也不是人。他种的花别人种不出来。牡丹都起楼子,荷花是'大红十八瓣',还都勾金边,谁见过?"

"他们都不是人,那,是什么?"

"是狐仙。——谁也不知道他们是从哪里来的,又向何处去了。飘然而来,飘然而去,不是狐仙是什么?"

"狐仙?"大家对张汉轩的高见将信将疑。

小莲子写在扇子上的诗是这样的:

三十六湖蒲荇香,
侬家旧住在横塘,
移舟已过琵琶闸,
万点明灯彩乱长。

这需做一点解释：高邮西边原有三十六口小湖，后来汇在一处，遂成巨浸，是为高邮湖。琵琶闸在南门外，是一个码头。

侯银匠

白果子树,开白花,
南面来了小亲家。
亲家亲家你请坐,
你家女儿不成个货。
叫你家女儿开开门,
指着大门骂门神。
叫你家女儿扫扫地,
拿着笤帚舞把戏。
……

侯银匠店是个不大点的小银匠店。从上到下,老板、工匠、伙计,就他一个人。他用一把灯草浸在油盏里,用一个弯头的吹管把银子烧软,然后用一个小锤子在一个钢模子或一个小铁砧上丁丁笃笃敲打一气，就敲出各种银首饰。麻花银镯、小孩子虎头帽上钉的银罗汉、系围裙的银链子、发蓝簪子、点翠簪子……侯银匠一天就这样丁丁笃笃地敲，戴着一副老花镜。

侯银匠店特别处是附带出租花轿。有人要租，三天前订好，到时候就由轿夫抬走。等新娘拜了堂，再把空轿抬回来。这顶花轿平常就停在屏门前的廊檐上，一进侯银匠家的门槛就看得见。银匠店出租花轿，不知是一个什么道理。

侯银匠中年丧妻，身边只有一个女儿。他这个女儿很能干。在别的同年的女孩子还只知道梳妆打扮，抓子儿、踢毽子的时候，她已经把家务全撑了起来。开门扫地、掸土抹桌、烧茶煮饭、浆洗缝补，事事都做得很精到。她小名叫菊子，上学之后学名叫侯菊。街坊四邻都很羡慕侯银匠有这么个好女儿。有的女孩子躲懒贪玩，妈妈就会骂一句："你看人家侯菊！"

一家有女百家求，头几年就不断有媒人来给侯菊提亲。侯银匠总是说:"孩子还小,孩子还小!"千挑万挑选,侯银匠看定了一家。这家姓陆,是开粮行的。弟兄三个,老大老二都已经娶了亲,说的是老三。侯银匠问菊子的意见,菊子说:"爹作主!"侯银匠拿出一张小照片让菊子看,菊子噗嗤一声笑了。"笑什么?"——"这个人我认得!他是我们学校的老师,教过我英文。"从菊子的神态上,银匠知道女儿对这个女婿是中意的。

侯菊十六那年下了小定。陆家不断派媒人来催侯银匠早点把事办了。三天一催,五天一催。陆家老三倒不着急,着急的是老人。陆家的大儿媳妇、二儿媳妇进门后都没有生养,陆老头子想三媳妇早进陆家门,他好早一点抱孙子。三天一催,五天一催,侯菊有点不耐烦,说:"总得给人家一点时间准备准备。"

侯银匠拿出一堆银首饰叫菊子自己挑。菊子连正眼都不看,说:"我都不要!你那些银首饰都过了时。现在只有乡下人才戴银镯子。发蓝簪子、点翠簪子,我往哪儿戴,我又不梳!你那些银五事现在人都不知道是干什么用的！"侯银匠明白了，女儿是想要金的。他搜罗了一点金子给女儿打了一对秋叶形的耳坠、一条金链子、一个五钱重的戒指。侯菊说："不是我稀罕金东西。大嫂子、二嫂子家里都是有钱的，金首饰戴不完。我嫁过去，有个人来客往的，戴两件金的，也显得不过于寒碜。"侯银匠知道这也是给当爹做脸，于是加工细做，心里有点甜，又有点苦。

爹问菊子还要什么，菊子指指廊檐下的花轿，说："我要这顶花轿。"

"要这顶花轿？这是顶旧花轿，你要它干什么？"

"我看了看，骨架都还是好的。这是紫檀木的。我会把它变成一顶新的！"

侯菊动手改装花轿，买了大红缎子、各色丝绒，飞针走线，一天忙到晚。轿顶绣了丹凤朝阳，轿顶下一周圈鹅黄丝线流苏走水。"走水"这词儿想得真是美妙，轿子一抬起来，流苏随轿夫脚步轻轻地摆动起伏，真像是水在走。四边的帏子上绣的是八仙庆寿。最出色的是轿帘前的一对飘带，是"纳锦"的。"纳"的是两条金龙，金龙的眼珠是用桂圆核剪破了钉上去的（得好些桂圆才能挑得出四只眼睛），看起来乌黑闪亮。她又请爹打了两串小银铃，作为飘带的坠脚。轿子一动，银铃碎响。轿子完工，很多人都来看，连声称赞：菊子姑娘的手真巧，也想得好！

转过年来，春暖花开，侯菊就坐了这顶手制的花轿出门。临上轿时，菊子说了声："爹！您多保重！"鞭炮一响，老银匠的眼泪就下来了。

花轿没有再抬回来，侯菊把轿子留下了。这顶簇崭新的花轿就停在陆家的廊檐下。

侯菊有侯菊的打算。

大嫂、二嫂家里都有钱。大嫂子娘家有田有地，她的嫁妆是全堂红木，压箱底一张田契，这是她的陪嫁。二嫂子娘家是开糖坊的。侯菊有什么呢？她有这顶花轿。她把花轿出租。全城还有别家出租花轿，但都不如侯菊的花轿鲜亮，接亲的人家都愿意租侯菊的花轿。这样她每月都有进项。她把钱放在迎桌抽屉里。这是她的私房钱,她想怎么花就怎么花。她对新婚的丈夫说:"以后你要买书,订杂志,要用钱,就从这抽屉里拿。"

陆家一天三顿饭都归侯菊管起来。大嫂子、二嫂子好吃懒做,饭摆上桌,拿碗盛了就吃,连洗菜剥葱、涮锅、刷碗都不管。陆家人多,众口难调。老大爱吃硬饭,老二爱吃软饭,公公婆婆爱吃烂饭。各人吃菜爱咸爱淡也都不同。侯菊竟能在一口锅里煮出三样饭,一个盘子里炒出不同味道的菜。

公公婆婆都喜欢三儿媳妇。婆婆把米柜的钥匙交给了她,公公连粮行账簿都交给了她,她实际上成了陆家的当家媳妇。她才十七岁。

侯银匠有时以为女儿还在身边。他的灯碗里油快干了,就大声喊:"菊子!给我拿点油来!"及至无人应声,才一个人笑了:"老了!糊涂了!"

女儿有时提了两瓶酒回来看看他,椅子还没坐热就匆匆忙忙走了。侯银匠想让女儿回来住几天,他知道这办不到,陆家一天也离不开她。

侯银匠常常觉得对不起女儿,让她过早地懂

事，过早地当家。她好比一树桃子，还没有开足了花，就结了果子。

女儿走了，侯银匠觉得他这个小银匠店大了许多，空了许多。他觉得有些孤独，有些凄凉。

侯银匠不会打牌，也不会下棋。他能喝一点酒，也不多。而且喝的是慢酒。两块从连万顺买来的茶干，二两酒，就够他消磨一晚上。侯银匠忽然想起两句唐诗，那是他錾在"一封书"样式的银簪子上的（他记得的唐诗本不多）。想起这两句诗，有点文不对题：

姑苏城外寒山寺，
夜半钟声到客船。